網雅吟懷

網路古典詩詞雅集五週年紀念詩集

作者◎李德儒・卞 思・楊維仁・王凌蓮・小 發・吳身權
李岳儒・曾家麒・風 雲・李知灝・李微謙・張富鈞

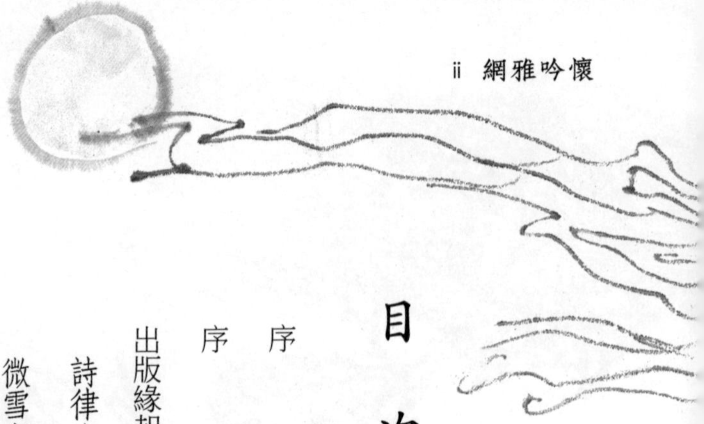

目次

序 張夢機 iv
序 曾人口 vi
出版緣起 吳俊男 ix
詩律人生 李德儒 1
微雪齋吟草 卞思 21
抱樸樓詩稿 楊維仁 41
澄心集 王凌蓮 63

聽潮集　小　發　81
子衡吟草　吳身權　99
不歌而詩　李岳儒　115
樂齋雜錄　曾家麒　133
白雲齋詩稿　風　雲　155
壯齋詩草　李知灝　173
有所思吟草　李微謙　195
怡悅山房吟稿　張富鈞　215

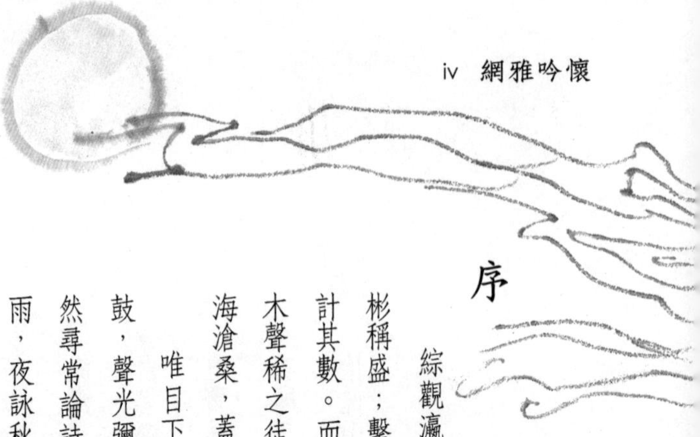

序

張夢機

綜觀瀛洲詩風，實有無限悵觸：想三十年前，名家如雨，彬彬稱盛；擊缽聯吟，隨處可見；各地詩社林立，高卓吟旌，更不計其數。而三十年後，老成凋謝，鷗朋星散；舉目所見，儘多語木聲稀之徒，而善於裁章者僂指可數。古典詩風已大不如前。人海滄桑，蓋動變如此。

唯目下詩壇雖略顯沉寂，然網路青年卻雲生蠭起，左旗右鼓，聲光彌懋。猶憶余為青衿學子之時，負笈上庠，雅愛吟哦，然尋常論詩賡酬者，惟仁青、崑陽等二三莫逆耳。無論晝吟春雨，夜詠秋燈，皆孤獨為之，無人可助推敲，何落莫之甚邪！五年前，余始初識網路諸弟，此十數人，因同好風雅而結社，彼此相互切磋，灌溉詩心，其作亦常能盪靡篇什，揚芬楮墨，確乎令人羨慕不已！回溯當年，無此結合，獨學而無友，詩藝之難以精進者，豈偶然哉？

余細讀諸弟之作，深覺才華洋溢，吐屬雅馴，秀拔者，如拏雲呼月，翻空逞奇；馨逸者，如水流花放，純出自然。古風多通體清鬯，律詩多穩妥厚實，絕句則輕倩流便，語淺意深，多清順之作。而烹字練意，靡不費心斟酌，章脈結構，全然用力經營，至句間之疵累，亦洗伐殆盡。雖云集中偶有對仗欠工整處，然大醇小疵，固無足損其聲價也。

頃者，網路諸弟各輯其所作若干首，都為一集，顏曰「網雅吟懷」，將付剞劂，並索余一言以為敘，余雖學譾才陋，然曷敢推辭，爰綴數言，聊表鼓勵之忱。諸弟年少如春，前程實未可限量，倘更加沉潛經史，披讀詞章，他日必能為臺澎詩敲金拋玉，發光發熱，重使古典詩歌振興於蓬嶠，雅騷之風吹拂於瀛涯也。

序

二〇〇三年二月，【網路古典詩詞雅集】的版主群合輯出版了《網川漱玉》一書，可說是劃時代的產物。看到這一群受現代教育的年輕人，也埋首在古典詩詞中，我感受到的那種快樂，應該是要比一般人「陞官發財」還要超過幾倍。同時也才深深體會到，當我年輕時參與詩社活動，那些詩老們愛護我，都恨不得能立即傾囊相授的心境。

這群古典詩壇的新鮮人，有大陸出生而移居美國的、有祖籍大陸而出生長在台灣的、有本籍就在台灣同時生長在台灣的；有男的、有女的，沒有空間、時間、年齡、性別之分。他們的共同理念是「推廣古典詩詞的創作」，陳耀東先生在其《網川漱玉》的作者簡介中說：「古典詩詞不只是文化，還是文學、藝術、情感和許許多多無以名狀的能量與經驗所融合創造之生命體。雖是古典，可並不陳腐，說是嚴謹，但並不僵化……願以此與各位共同努力，為古典詩詞的未來開創新機。」讀過這段話，無疑給我們打了一針興奮劑。

無可諱言，古典詩詞的創作學習，對現代人來說是有相當的困難度，其中的一個原因即是，民國初年胡適大力提倡新詩，認為古典詩詞是「死文學」，並於民國九年五月（公元一九二〇）「國語統一籌備會」，他擔任臨時主席，在討論國音標準化與國音教育問題時，通過教授國音不必入聲的議案。在這之後，古典詩詞的傳授，已因入聲字的難以辨別，而產生了重重困難。如今網路的興起，使資料搜尋便捷，對於古典詩詞可說是開創了一個新的契機。

我們知道，古典詩詞的藝術，有深厚的傳統做為底蘊，從古到今，古典詩詞一直如長河奔流。胡適提倡新詩之後，新詩的創作雖也獲得了相當的成就，但直到今天，新詩受人喜愛的程度，顯然比不上古典詩詞中那些精彩的作品。因為詩是自由心靈的產物，縱使要不斷的試探突破、創新，但在不斷創新的過程中，要

溫故才能知新。詩有一定的藝術規律和特定的體裁，拋棄了這些規律、體裁，要從事創作就會茫然無所依循。在「雅集」版主群中，由新詩創作轉向古典詩詞創作的吳俊男先生在《網川漱玉》的作者簡介中說：「近體詩的世界是寬廣、深奧的，寫作近體詩對我而言，我想就是一輩子了。」可證明古典詩詞的這股巨流並無法截斷。

最近【網路古典詩詞雅集】將五年多來，三十四次徵詩所累積的作品，有限度的編輯為《網雅吟選》，正付印中；並擬繼《網川漱玉》之後，再將版主群的作品合輯出版，名為《網雅吟懷》。張夢機教授對他們最為關懷，且寄望最深，在前集序文中曾以：「詩貴各體悉備；要以新詞彙入詩；詞宜蘊藉空靈避麟爪畢現。」等三點相勗勉，我想張教授對本集的出版應該另有新的啟示，因此我只以分享喜悅的心情，略申所感，實不敢言序。

二〇〇七年歲次丁亥荔月　曾人口　敬識於雲林古下湖

出版緣起

吳俊男

以往古典詩詞的創作活動，主要以傳統詩社為範圍，不僅活動的區域較為受限，詩作的範疇與內容也往往受限於擊缽活動的命題，但是擊缽活動對於扣題技巧的傳承與傳統文化的保存仍具有不可抹滅的貢獻。隨著社會的繁榮與科技的進步，外在的聲光娛樂五花八門，新一代的年輕人求新求變，對古典詩詞的接受程度相對降低，參加傳統詩社的人更是少之又少，於是台灣各地詩社多半漸趨高齡化，古典詩詞的傳承發生了嚴重的危機。

近年來科技日新月異，電腦網路的出現無疑為古典詩詞注入了一針活化劑，電腦網路不僅突破了空間的限制，也讓不同年齡層的人可以在同一個網路介面討論詩詞或互相酬唱，這樣的交流有助於古典詩詞的推廣，有一些傳統詩社的成員也漸漸在網路活動，甚至與大專院校的詩社成員結合，形成一股新興的力量，並在網路上蔓延開來。

【網路古典詩詞雅集】網站自二零零二年二月廿六日成立以

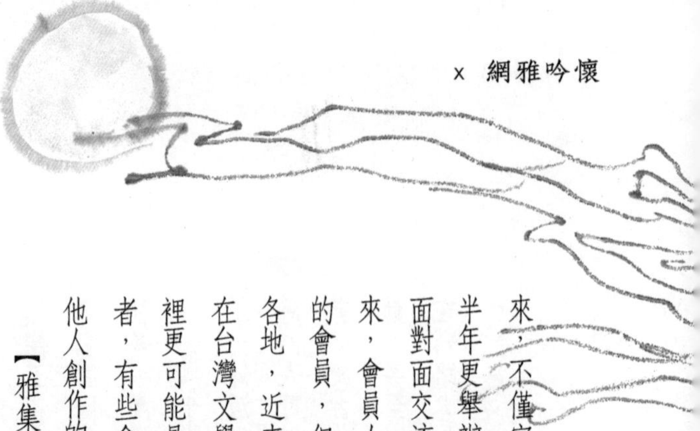

來，不僅定期舉辦徵詩活動，邀請國內外詩壇前輩擔任評審，每半年更舉辦網路聚會活動，讓平日僅靠網路介面交流的人，也有面對面交流的機會，甚至彼此成為知心好友。【雅集】自開站以來，會員人數即不斷攀升，雖然每隔一段時間都會刪除久未發言的會員，但是目前的會員人數仍有一千三百餘人，會員遍及世界各地，近來更創下同一時間有三百零六人於線上瀏覽的紀錄，這在台灣文學性質的網站中是極為少見的，在古典詩詞創作的網站裡更可能是空前的紀錄！由此可見【雅集】擁有愈來愈多的支持者，有些會員本身雖然沒有進行創作，卻仍然時常於版面上瀏覽他人創作的作品，默默的支持【雅集】。

【雅集】曾於二零零三年二月出版「網路古典詩詞雅集週年紀念詩集」：《網川漱玉》，當時參與出版的雅集版主計有李德儒、卞思、楊維仁、碧雲天、望月、小發、寒煙翠、子衡、藏舍主人、風雲十位。《網川漱玉》出版後頗受好評，其間有不少會員詢問【雅集】何時出版第二本詩集，而羅尚先生基於愛護、提攜詩壇後輩之心，也幾度垂詢我們何時出版續集，事隔四年半，

【雅集】版主群成員稍有變更，若出版第二本詩詞合集，正好可以讓尚未出版詩集的新任版主參與出版，又可符合羅尚先生與【雅集】會員的期待，於是我們決定在今年出版第二本詩集：《網雅吟懷》，參與出版的成員依齒序排列，計有李德儒、卞思、楊維仁、王凌蓮、小發、吳身權、李岳儒、曾家麒、風雲、李知灝、李微謙、張富鈞十二位。

網路上的詩詞作品與傳統詩社的相比較，題材與內容上顯得較為活潑而多元化，由於大多是自發性的寫作，因此較富有個人化的特質，比較能夠體現詩言志、緣情的特點，劉勰說「人稟七情，應物斯感；感物吟志，莫非自然。」用來說明網路詩作的特性，真是再貼切也不過了。【網路古典詩詞雅集】以推廣古典詩詞創作為宗旨，我們對這本詩集寄與深切的期望，它所展現出來的，不只是我們十二個人的作品，也展現出網路詩詞作品的一般特性。我們更希望這本詩集能引發他人對古典詩詞的興趣，進而讓更多人投入創作的行列，如此古典詩詞必能永續不斷，甚至發揚光大！

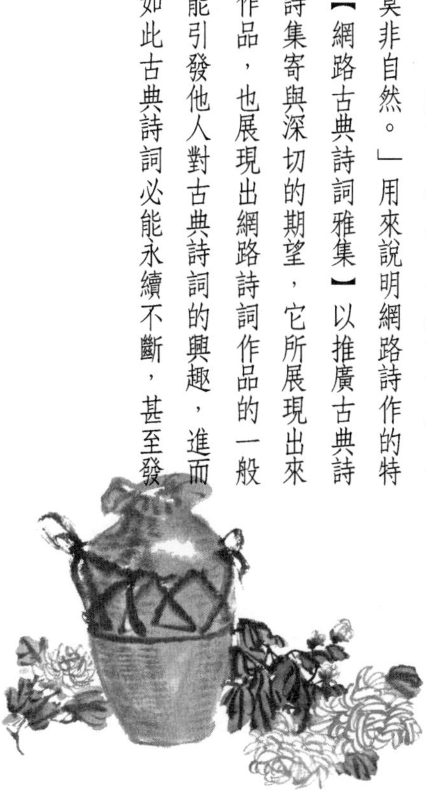

詩律人生

鷗鷺相逢憑網絡，因緣際會豈尋常。

李德儒

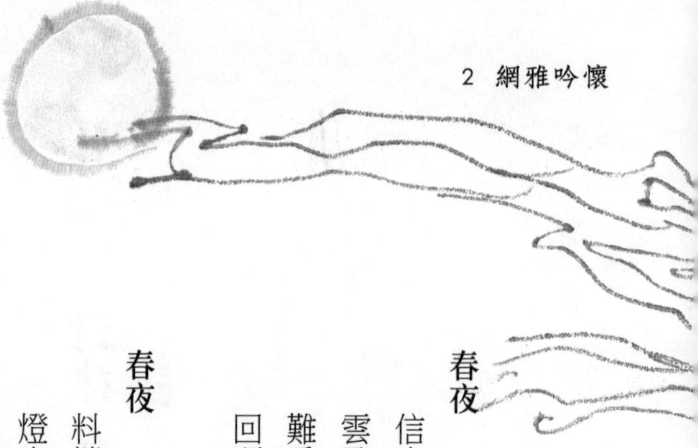

春夜

信步河堤路，月殘殊未央。
雲飛星色暗，風動水聲長。
難覓鄉關夢，還驚鬢髮霜。
回頭空顧影，誰慰客心腸？

春夜

料峭東河岸，盈盈落月初。
燈光遙閃爍，樹影靜清疏。
晚露沾衣濕，春風拂面徐。
遙憐故園夢，不肯入吾廬。

春曉

柳堤風送暖，河上鴨先知。
無限晨光好，半溪雲影移。
穠花暄曠野，好鳥唱低枝。
朗朗乾坤內，悠悠賦小詩。

春曉

春光無限好，淑氣了塵埃。
雉雊催銀漢，鶯啼舞綠苔。
遠山橫雪際，旭日蕩湖隈。
欲向群峰問，何時覓句來？

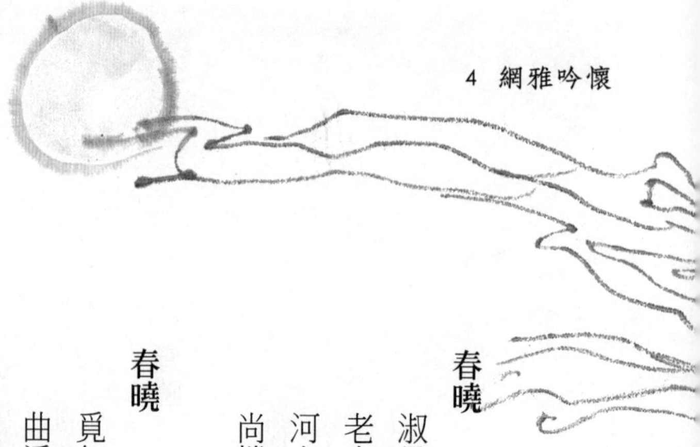

春曉

淑景辭寒意，登高極望平。
老來人漸懶，春到氣翻清。
河上晨光起，山中草色生。
尚憐湖海志，回首不勝情。

春曉

覓句上山阿，東風縐綠波。
曲溪青草密，野徑素花多。
薄霧滋繁露，寒雲入小河。
冶遊誰作伴，隻影欲如何？

今夜

一枕黃粱後，窗虛夜色深。
飛來今夜月，撩動故園心。
羈客隨殘夢，殘春入苦吟。
歸舟如有意，何事自浮沉？

夜望

一曲東河水，登臨望轉迷。
客中塵思亂，月底柳條低。
未得張帆幕，難能趁馬蹄。
每尋鄉國夢，空應夜鴉啼。

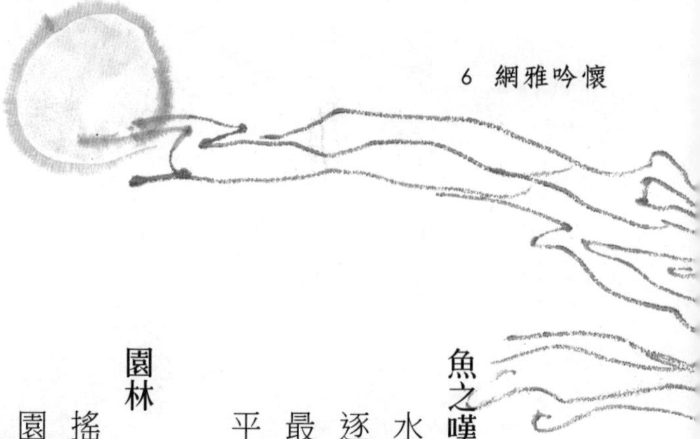

魚之嘆

水裡何其樂，浮沉戲碧濠。
逐萍還逐浪，防餌不防刀。
最愛幽人望，何堪野鴨嘈。
平生無遠志，未敢羨金鰲。

園林

搖曳堤邊柳，湖光著意參。
園林煙水蕩，樓閣畫圖涵。
偶作鷗盟聚，一舒詩興酣。
彈琴品茶樂，何必夢江南？

柳

寂寂西湖路，絲絲伴雨眠。
綠條涵薄霧，翠葉鎖寒煙。
不作棟樑用，何愁刀斧鐫。
孤零春日暮，飛絮在亭前。

蘇堤

蘇堤樓外望，遠近水光明。
映影浮雲薄，搖風細柳輕。
凌波漁女曲，拍岸晚潮聲。
多少尋幽客，追思往日情。

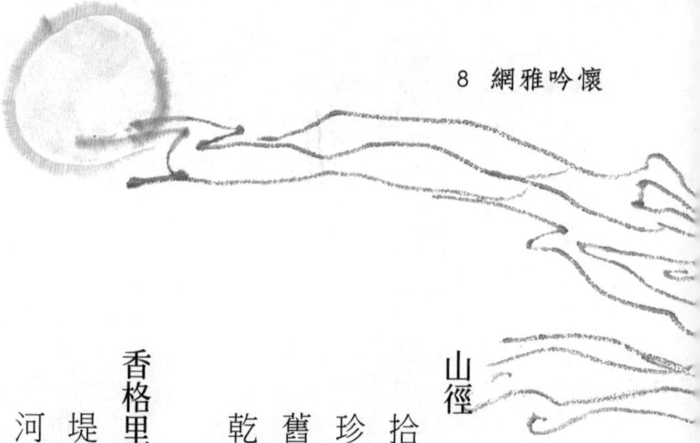

山徑

拾級崎嶇路，登高望眼窮。
珍禽枝上囀，俗慮谷中空。
舊事休牽礙，前途自暢通。
乾坤均有定，草木沐春風。

香格里拉

堤畔離離草，蕭蕭牧馬肥。
河山多優美，草木自芳菲。
天外雲常駐，林中鳥任飛。
回看塵俗裡，換得幾噓唏。

新疆那拉提草原

城中長作客，野外更神迷。
雨後青山靜，風前綠草低。
嬌苗迎麗日，峻嶺掛新霓。
陶醉天然意，悠然駐馬啼。

九旬老婦

老去人情薄，艱難是客來。
有朋攜眷至，抱膝展顏開。
橋畔新痕綠，城頭暮色哀。
滄桑三變幻，冷月只相陪。

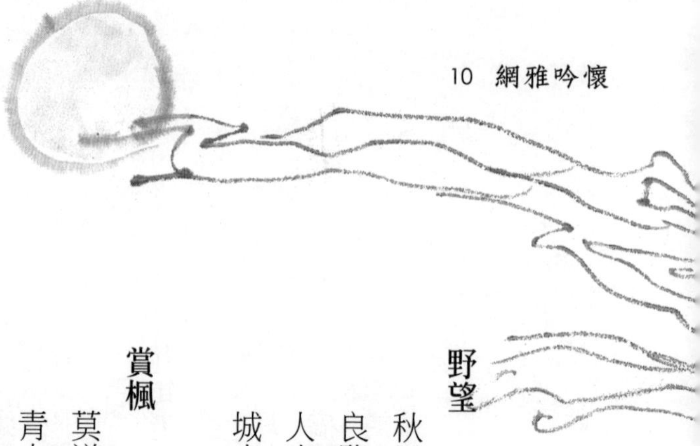

野望

秋日微寒意，彤雲蔽碧岑。
良駒閒且樂，芳草翠還深。
人步幽山去，詩隨雅境吟。
城中無可奈，野外爽胸襟。

賞楓

莫道秋容瘦，迎風意更饒。
青山時隱現，紅葉自矜驕。
且把新詩賦，能教俗慮消。
良朋如偶遇，把酒許相招。

一葉

自別鄉關後，天涯一葉孤。
人情愁半老，世事嘆全殊。
棲息何時矣，飄零百載乎？
年來鴻雁至，未敢問西湖。

垂柳

離別經多載，春歸人未歸。
艱難隨歲月，惆悵滿簾幃。
玉札情誰訴，蘭閨淚自揮。
長亭傷冷日，垂柳意依依。

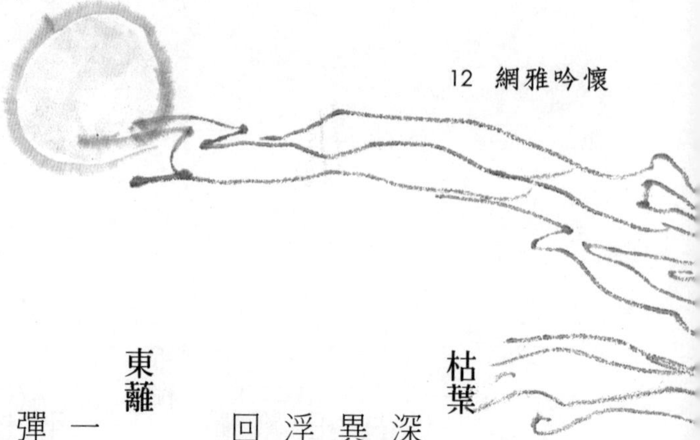

枯葉

深秋聞唳雁，愁緒染征衣。
異國情堪種，故園人欲歸。
浮雲隨岫出，枯葉帶蟲飛。
回憶離鄉日，山花夜合肥。

東籬

一片清幽地，門無世俗音。
彈琴萃鷗鷺，覓句契苔岑。
柳盪陪酣舞，蟬鳴伴醉吟。
琴棋堪自樂，常傍翠花陰。

初秋孤帆

殘暑斜陽斂，一帆看晚涼。
潮聲喧海岸，苔跡滿園牆。
秋淺山猶綠，雲寒草未荒。
旅人難入寐，獨對夜初長。

機場接一方詞長

輕舟浮一葉，養性德能修。
天外謳歌遠，城中草木秋。
雲來風弄影，日遠月登樓。
莫道蟾宮女，今隨俗客遊。

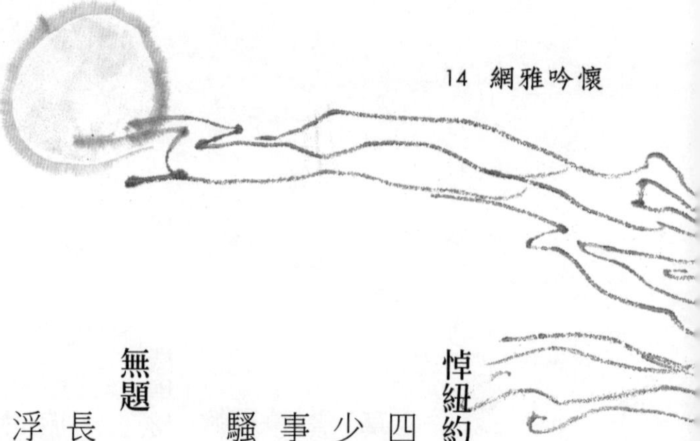

悼紐約四海詩社前社長張病知先生

四海詩詞客，行吟興日加。
少時曾衛國，暮歲亦懷沙。
事母常思孝，揚名竟帶瑕。
騷壇凋碩果，一字一輕嗟。

無題

長袖常揮舞，桃源自有春。
浮沉無悔客，慘淡不歸人。
謀利應懷智，修心何患貧？
本來無一物，何必苦傷神。

偶到 Coney Island 觀看太西洋海浪

浩浩原無際，含愁合霧煙。
驚濤侵白日，濁浪掩青天。
未見神龍現，惟看沙蟹連。
寒風吹不斷，萬里渺歸船。

聞寒梅作絲綢之旅

家住香江久，絲綢作遠遊。
孤身如一葉，數日覺三秋。
海市雲中影，天街閣上樓。
他鄉明月好，怎及故園舟？

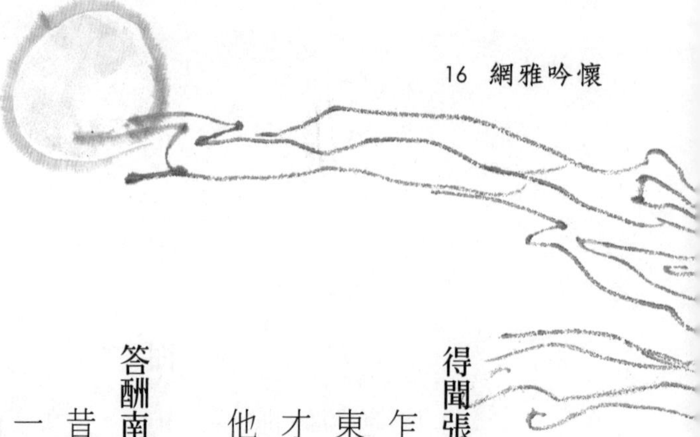

得聞張夢機老師患病入院，敬步其韻問候

乍聽張師病，呆然看早秋。
東河鯨浪急，子夜雁聲愁。
才學尊山斗，文章滿誦謳。
他年重叩問，靜竹可臨流。

答酬南弦詞長

昔日欣相聚，歸來念舊多。
一甌茶作酒，幾曲樂揚歌。
雲外涼風起，客中秋月過。
自由神像外，仍是苦奔波。

讀陳靄文兄沉重詩後感

劫後人猶痛，東籬日已升。
半生萍梗過，兩鬢雪霜凝。
不許塵埃到，但期家國騰。
離騷經未足，何以策中興？

反其韻回和無為李凡二兄偶感

笑此天涯客，詩成不解緣。
無才酬客望，多病怕情牽。
欲種東籬菊，難尋南嶺天。
人生何事足？攜眷弄炊煙。

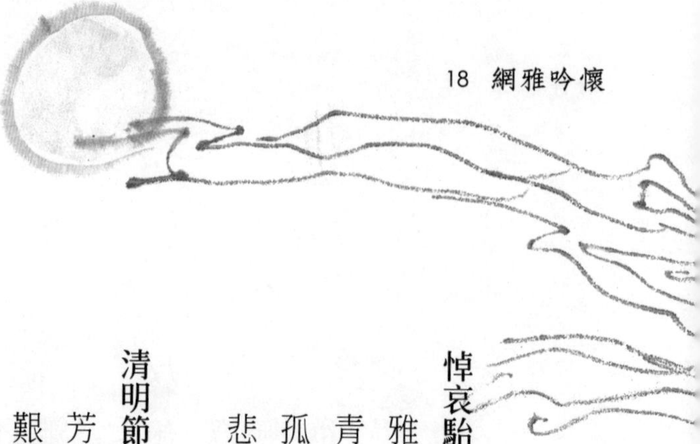

悼哀駘它詞長

雅集君為客，詩詞汝作心。
青山遽埋玉，大夢渺知音。
孤月寒潭墜，西風古道侵。
悲歌愁不絕，夜夜夜臺吟。

清明節

芳草連天際，離離澹夕暉。
艱難城市隱，老大雁鴻歸。
最是孤亭寂，堪憐白蝶稀。
年年此時節，懷抱念依依。

賀台灣瀛社詩學會成立

髮為詩詞白，情隨歲月添。
培苗淡江岸，擎幟玉山尖。
鳳藻精心鏤，驪珠信手拈。
瀛洲歌不斷，餘韻繞高檐。

野望

天高風瑟瑟，葉動散林烏。
紅樹初回艷，籬花漸入圖。
攜壺登峻嶺，寄夢踏江湖。
回首前塵事，事事費踟躕。

《詩人小記》

李德儒，在網上並無任何筆名或代號，出生於廣東開平，於香港長大，十六歲移居紐約至今。是雅集唯一一個不會說國語的版主。

緣於九十年代末期，因獲環球詩壇總主編譚克平先生之邀，出任環球詩壇網際版主，布此其間認識陳慶輝兄、月哥、詠青姐和維仁。後來更加入其他的詩友，組織了詩盟。

自此後，因接觸中港台，而引起心中對故鄉的懷念。離鄉四十年，早時機票昂貴，而家境又清貧，只有念而沒法成行。到票價降後，又沒時間。更因台灣各位詩友的熱情，終於年前到台港一行。滿以為可以了去思鄉之念，怎知回來後心中更想著台港。還希望在退休後在日月潭隨近的山中隱居。

微雪齋吟草

當窗惟素萼，拈作野狐參。

卞思

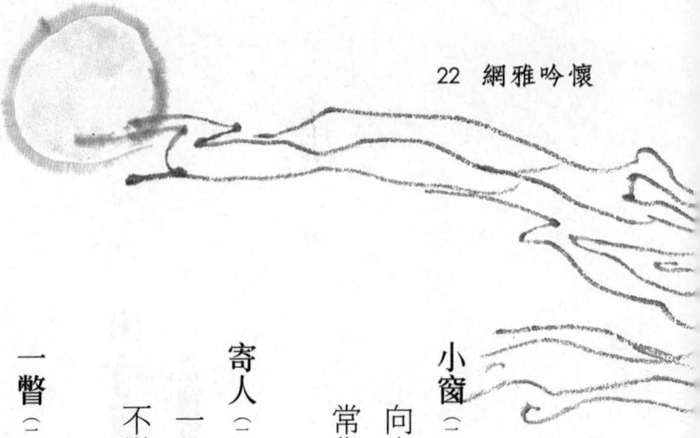

小窗（二〇〇五）

向山開小窗，雲腳來行止，
常作捲簾看，偶然裁付紙。

寄人（二〇〇五）

一朵香何許？幾行詩未刊，
不堪盈手贈，猶帶去年寒。

一瞥（二〇〇五）

紅泥青石路，一裹素衣人，
微雨循花去，裾飄不染塵。

冬月（二〇〇六）

記才春晚惜花殘，夢醒居然歲已寒，
掛問霜娥真耐冷，如何瘦卻水晶盤？

過師大路故居（二〇〇六）

誰將花氣送黃昏？細雨風迴深巷門，
一傘偶來簷下佇，青衣不復舊吟魂。

冬柳（二〇〇六）

弱柳何堪比倔梅，絕無耿骨耐寒摧，
惟將一季身消損，換得東君早放回。

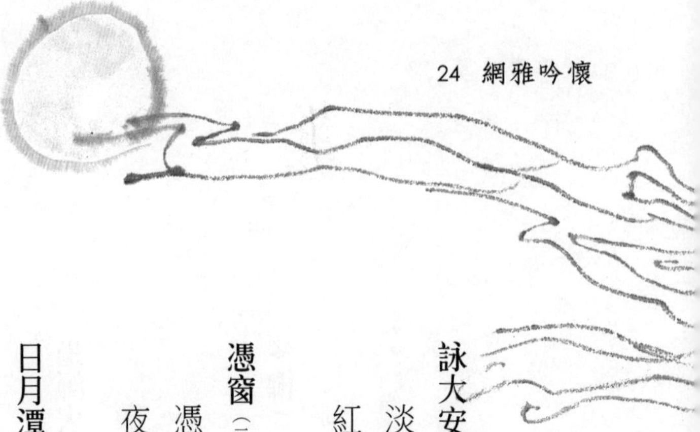

詠大安森林公園柳樹（二〇〇六）

淡掃娥眉趁月明，扶風愛看碧條輕，
紅塵只作一肩隔，且喜無需管送迎。

憑窗（二〇〇六）

憑窗散髮愛風徐，簷雀歸聲聽到疏，
夜幕教誰掀一角？橫空贈我月牙梳。

日月潭印象之二——雨中遊湖（二〇〇六）

凌波搖曳入濛溟，水氣渾然成淡青，
閒棹不知山遠近，但循花氣到深汀。

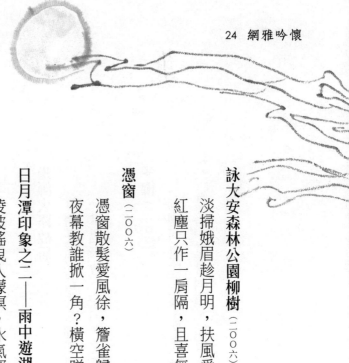

無題（二〇〇六）

落拓歸來賸此身，更無心力再傷春，
殘箋典與孤伶月，學得霜娥冷對人。

庭杏（二〇〇六）

鄰人庭中杏樹今春不開，戲為一絕。

誰道多情未足珍？奴家心思十分真，
背籬別過東風面，不肯夭嬈示與人。

答風雲兄（二〇〇七）

似此情懷未可說，愁山愁水又如何？
麻姑看盡海清淺，衣上淚痕消得麼？

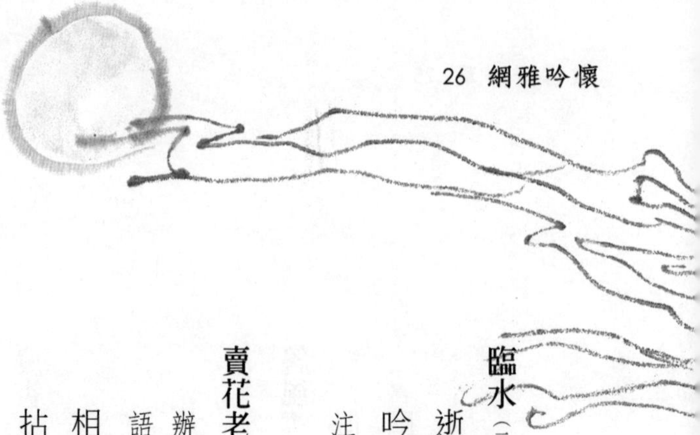

臨水（二〇〇七）

逝者如斯誰共看？一瓢汲取月光寒，
吟窗且注丁香盞，好遣浮生作小歡。

注：丁香盞，是我喝茶用杯，上繪有紫丁香。

賣花老嫗（二〇〇七）

辦公室附近有位賣香花婆婆，我三不五時向她買花，她總不語，只對我微微一笑。

相逢莫問去來方，白髮青絲各短長，
拈共幽香成一哂，繁華地裡看炎涼。

螢火蟲（二〇〇五）

星芒一點竟何來？若有靈犀不必猜，
媧女補天遺石淚，流光如夢暫徘徊。

下班之後（二〇〇五）

鎮日囂塵一掃開，深宵負手上高台，
病肩新瘦難多荷，只許松痕月影來。

勸友（二〇〇五）

相逢一揖且相珍，煙水魚忘莫問因，
自是紅塵千百劫，他生能認此身真？

讀詩（二〇〇五）

百代詩心載物華，當年風月認無差，
吾今亦得描春筆，可有來人為一嗟？

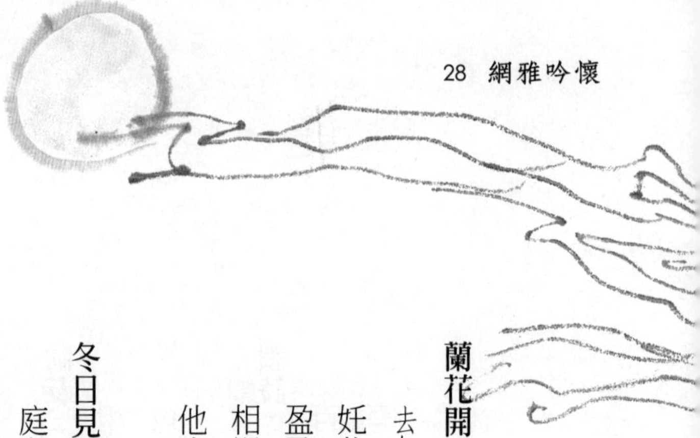

蘭花開了（二〇〇六）

去年所種蝴蝶蘭，開紫、黃兩株，因以記之。

奼紫略無雙，勻黃絕自可，
盈盈窗月前，淡淡春風左，
相視了無言，微顰拈一朵，
他生信有憑，君是當時我。

冬日見蘭花開有作（二〇〇七）

庭有蘭花草，當寒發嫩枝，
玲瓏結淡紫，寂寞入新詩，
言彼春猶早，來茲意若癡？
君心莫似我，似我太相思！

步韻詠物四題

之一 鶴（二〇〇七）

未必傷高眼，閒從方寸寬，
松雲遊已慣，苔石踏無寒，
偶向塵寰佇，還如月地安，
丹青難寫就，入筆料應殘。

之二 鵰（二〇〇七）

鶻鶬孰可比？意氣自吞牛，
雙翅擊丸日，孤吭破素秋，
寒霜渾不凝，碩鼠敢為謀？
憑掃紅塵惡，金睛並鐵鉤。

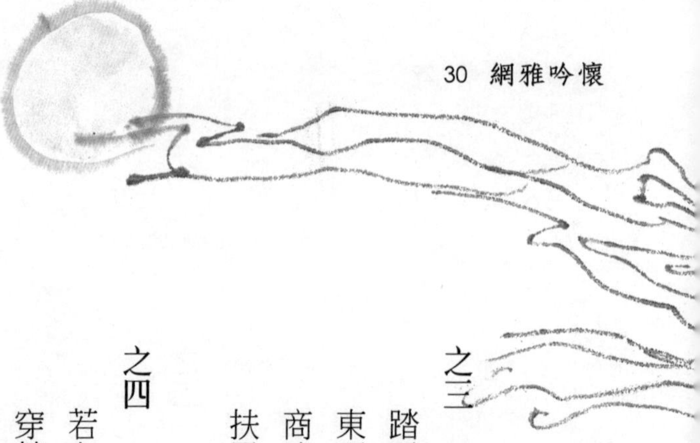

之三 **鴻**（二〇〇七）

踏雪天山側，留痕滄海濱，
東西何計意？襟抱自存神，
商略知音少，偶同騷客親，
扶風一去後，誰與作高鄰？

之四 **燕**（二〇〇七）

若有依依意，徘徊日轉低，
穿花尋舊瓦，啣月上巢泥，
晴在春風畔，雨迷煙柳西，
能教江海客，旦暮賦無題。

擬野柳仙女歌（二〇〇六）

嘗濯足兮蒼海東，雪衫金絡曳青驄，
長鞭掛在蓬萊角，皓腕招來閶闔風，
逕瀉雲絲成匹練，平收煙水入雙瞳，
迴身脫卻紅塵劫，舊履相忘一夢中。

注：野柳有海蝕岩，其狀如履，名曰仙女鞋。

乙酉中秋得友人書奉答（二〇〇五）

多謝魚書問短長，世情看盡慣炎涼，
無才敢效凌煙志？少慧聊供逐字場，
也羨紅箋堪詠柳，如何青鬢漸飛霜，
新來偶學痴狂句，扶病中秋吟斷腸。

自述並致大春兄（二〇〇七）

些些心思是沉痾，憊懶由他旦夕磨，
楚客舊魂傷杜若，蓬門新句賦松蘿，
敢言才命相妨甚？須認形神自悖多，
似我低眉應不免，憑君太息卻緣何？

注：大春兄作《鬱發吟》，舒慨歎不平之氣。

桐花懷想（二〇〇七）

前日陰雨，讀大春兄《對山一律》，忽憶曾赴苗栗賞桐花，諾曰：必再來。於今三年而未果，一歎！

萍蹤誰似屐痕輕？三載回眸夢未成，
踏雪襟懷歸散淡，憐香心事漸零丁，
當時一樣風兼雨，此夕為難我負卿，
料是滿蹊拋玉屑，於無人處怨多情。

無題（二〇〇六）

竟應何緣轉此生？需聰明處不聰明，
原知春去尋常事，偏計雨來蕭瑟聲，
亂緒無端裁錦字，顰眉一意到殘更，
就中心思惟堪付，二十四番花信盟。

初冬即事（二〇〇四）

初冬深院景蕭疏，枯葉隨風無定居，
寒鳥高飛餘夕影，芳壇零落罷花鋤，
漫垂幃幕遮愁眼，聊倚燈台讀舊書，
但有青筠堪耐冷，隔窗吟歎一如予。

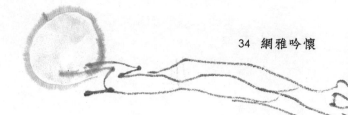

丙戌清明弟歸祭雙親代作（二〇〇六）

去國匆匆十二年，慣常寒食不祠先，
此身已付他鄉老，少志空隨大化遷，
棠棣有情傷白髮，椿萱何處撚青煙？
今朝龕下頻揮淚，能抵生時未奉前？

山居午夢（二〇〇三）

鳥語幽幽夢裡聽，時遙時近入深暝，
魂因錯認春如舊，身竟相忘鬢已星，
世路行來多拓落，山居寄處暫安寧，
悠然一覺莊周蝶，不記紅塵醉與醒。

夜夢迷途（二〇〇六）

夢裡雲身何處棲？依稀前路轉成迷，
分明槐巷當時月，零落莓牆新歲泥，
草露寒侵行屐倦，跫音漫共夜蟲低，
杳冥一葉驚魂醒，認得幽香是木犀。

夜讀佛經（二〇〇五）

一夜霜風月一輪，佛經讀罷記前塵，
殷殷青鳥來時路，渺渺黃粱夢後身，
心淡餘生隨芥子，魂銷幾轉了情因？
萬緣相揖終須別，此意如何認不真？

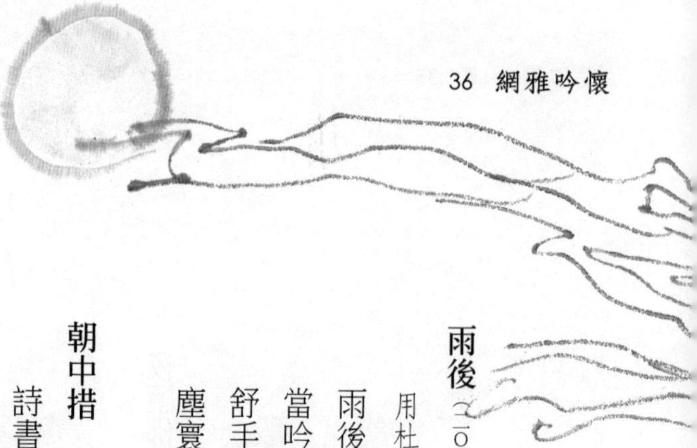

雨後（二〇〇六）

用杜甫《九日藍田會飲》韻

雨後青疇極目寬，人於閒處得清歡，
當吟歸去休彈鋏，未肯行餘尚縛冠，
舒手雲河撈月色，倚肩柳蔭愜春寒，
塵寰多少傷心事，都與煙霞一例看。

朝中措　步漢宮秋詞長《春晚》（二〇〇五）

詩書夢裡寄生涯，燈下是吾家。
沉醉無需煮酒，逍遙何必餐霞。
一櫳清月，數聲梅笛，半盞春茶。
吟遍寰間風雨，覺來卷底煙花。

蝶戀花　因某詩友誤杏為梅有作（二〇〇六）

四月南風猶未暑，雨後微涼，杏蕊涵煙吐。
嬌客挽春何楚楚，青瞳錯認梅方嫵。
花若有知應不忤，梅減孤寒，杏添清華疏。
假我三分才作賦，為君記此玲瓏誤。

八聲甘州（二〇〇七）

問人間幾個看花天，相對可無憂？
在櫻花雨下，芙蓉風畔，採菊山頭？
縱是梅魂傲雪，一例付洪流。莫道千江水，恰似溫柔。
漸覺吾心衰矣，任春來秋去，誰悼誰留。
借江天一角，也擬寄扁舟。
效從容、煙波漁叟，斫幾枚、缺月作垂鉤。
悲歡事、古今如夢，不入深眸。

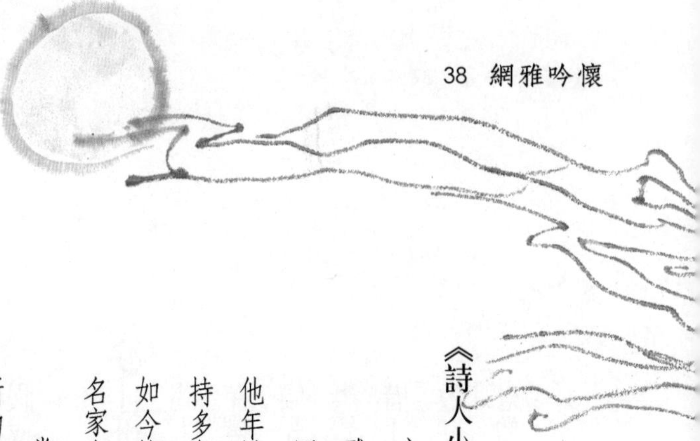

《詩人小記》

卞思，本名李佩玲。

雅集詩集要出第二集了，真是令人意外又高興的事。

四年前出版第一集《網川漱玉》的時候，是抱著「留與他年說夢痕」的心情，因為誰也不知道這樣的因緣際會能維持多久，大家不是常說嗎——天下無不散的筵席。沒想到，如今的雅集不但沒有散，反而愈來愈興旺了，新會員裡常有名家出沒，而當年的老會員，也更見精進！

當然，我這樣說並不表示當年的夥伴完全沒有退出的。新的事物、新的遭遇、新的口味、新的興趣，人生有這麼多的新奇可以探求，誰能真正掌握自己的心在下一刻會如何轉變？就連我自己，也早已慵懶於版務管理，只求守著一方清淨的小空間，塗塗寫寫便了。

更何況現在的社會人心，耽溺於大起大落的激情，可以在一瞬間揚起熱烈的喜愛，然後在下一瞬間化為全然的冷漠，最為代表的莫過於流行歌壇上的追星現象了。每當見到粉絲們高喊著：「我永遠愛你」時，我總要懷疑：這樣的愛究竟有多深？這樣的永遠究竟是多長？

沒錯，對於現代人而言「愛」可能只比「喜歡」多一點點；「永遠」可能只比「當下」長一點點。然而我竟也欣喜地發現，還有這麼一群人，為了這多一點點的喜歡而堅持著。

雖然「四年」相對於「永遠」而言，仍舊只是比「當下」長一點點而已，但我願意與夥伴們相互期許：對於古典詩，總是能比「喜歡」多一點點；能比「當下」長一點點。

抱樸樓詩稿

輾轉囂塵殊境遇，縈迴魂夢是情緣。

楊維仁

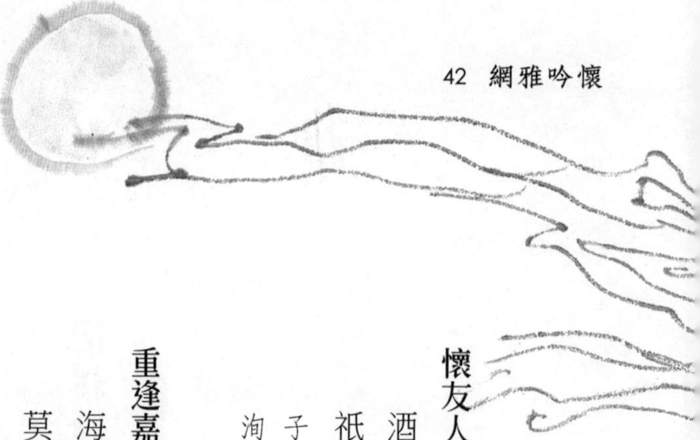

懷友人（二〇〇七）

酒盞詩箋憶昔同，一時寒舍暖如烘。
祇今殘醉都消褪，餘韻悠揚在寸衷。

子衡小發子惟諸友昔曾寓居中和，偶而枉駕寒舍詩酒聯歡，洵為樂事。

重逢嘉昇（二〇〇七）

海天睽隔幾多年，形貌都隨歲月遷。
莫嘆物華頻變異，醇醇情誼似從前。

嘉昇去國多年，自美返台。

贈佩凌兼寄附中諸友（二〇〇七）

幽夢銷殘二十秋，寸心還繫少年遊。
青衿漸逐紅塵老，懷舊何妨到白頭。

與諸生參加耐吉五公里路跑（nike 5k run）戲作二首（二〇〇七）

筋骨衰疲氣委淪，豪情未必讓青春。
後生莫笑先生老，揚足猶堪起路塵。

流光畢竟改朱顏，競速須慚步履艱。
賈勇還追千里夢，未甘雌伏櫪槽間。

墾丁森林聽海風（二〇〇七）

海畔揚風妙樂添，誰人巧按指纖纖？
林梢起落猶琴鍵，一曲悠揚韻正恬。

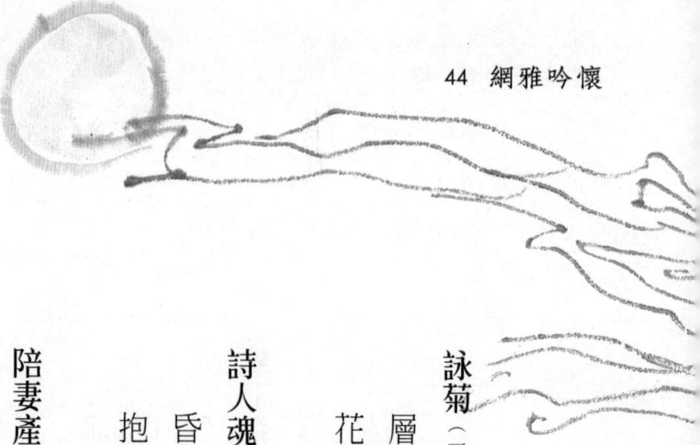

詠菊（一九八八）

層瓣輕描淡淡妝，纖柔翠骨亦尋常。
花枝不必太招展，自有幽人憐冷香。

詩人魂：屈原（一九九〇）

昏然濁世獨含英，一卷離騷千載情。
抱石深衷君不悟，捐軀豈料換詩名。

陪妻產女（一九九六）

陣痛聲聲入耳哀，艱難莫若娩嬰孩。
無涯長夜煎熬甚，忽有嬌啼破曉來！

讀張清香社友《流轉的容顏》現代詩集（二〇〇〇）

雍容一束溢清香，蕊蕊鮮妍韻味長。
無限韶華漫流轉，都教掇拾滿詩囊。

詩夢（二〇〇一）

漸愁詩筆黯無華，復值塵心亂若麻。
俗務牽纏妨雅興，清詞只向夢中賒。

讀台灣古典詩刊〈迎接電腦網路時代〉徵詩作品（二〇〇一）

競題電腦入吟箋，錦簇辭華燦百篇。
筆下爭誇科技妙，幾人網路肯探研？

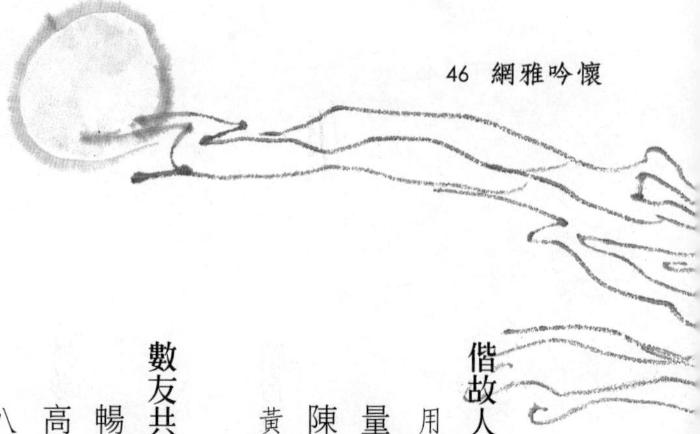

偕故人飲（一九九七）

用王翰涼州詞韻

量淺從來畏舉杯，故人勸飲再三催。
陳年往事陳年酒，拚為諸君醉一回！

黃俊偉、李榮嘉、阮正康及趙國智同飲。

數友共飲於KTV，武炫先醉，有詩笑之，兼呈諸友（一九九九）

暢飲狂歌任率真，陳年情誼倍香醇。
高粱美酒雖濃烈，豈是三杯便醉人？

八月廿八日同飲者：李榮嘉、阮正康、鄭武炫及趙國智夫婦。

贈暉仁（二〇〇三）

尺寸風光巧剪裁，情耽攝影意悠哉。
壯遊萬里襟懷闊，寰宇清華入鏡來。

桃園機場喜迎德儒瑞航兩兄訪台（二〇〇六）

九天晴照景光開，萬里長風送客來。
相對粲然同一笑，立時欣悅滿靈臺。

奉陪德儒瑞航詞長出席網路詩詞雅聚（二〇〇六）

賡酬不記幾多年，萬里鵬飛到眼前。
豈獨德風高網際，席間儒範益翩翩。

送別德儒瑞航離台（二〇〇六）

惠風佳氣送歸航，聚散雲煙引慨長。
我有依依無限意，請君收貯滿行囊。

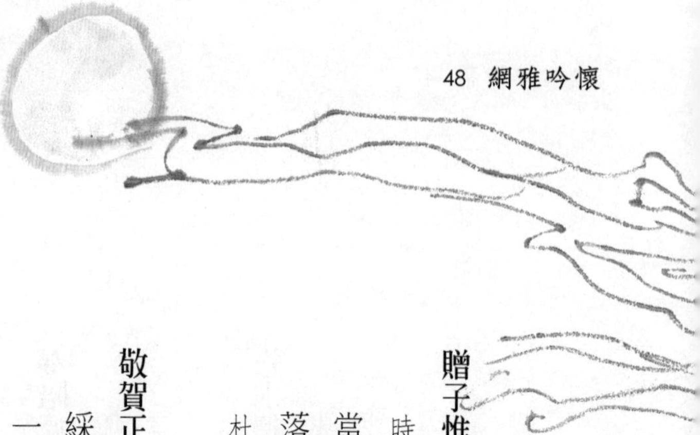

贈子惟（二〇〇一）

時逢重陽

當時自況杜司勳，笑插黃花思不群。
落魄江湖十年後，依然豪氣欲干雲。

杜牧《九日齊山登高》：「塵世難逢開口笑，菊花須插滿頭歸。」

敬賀正發詞長詩會掄元（二〇〇二）

綵羽繽紛翼漸成，枝頭雛鳳試新聲。
一鳴遽改風雲色，豈獨凡間百鳥驚。

拜讀正發兄〈春日偶成〉絕句謹步瑤韻用申敬意（二〇〇五）

倍勝群芳秀色紛，一枝紅豔燦如焚。
羨渠獨荷東皇寵，春意鮮妍滿十分。

敬賀身權兄喬遷新竹（二〇〇七）

徙遷喬木趁陽春，得意酣鳴倍有神。
莫道初來相識少，啼聲一試便驚人。

身權四月喬遷新竹，初與竹社詩會即掄元。

次韻〈公餘有感〉勉子衡兄（二〇〇七）

冷看塵垢染乾坤，踽踽而行志尚存。
我自坦然循正道，樽前何必黯銷魂？

贈子衡（二〇〇七）

筆底光涵錦繡才，如何局促獨興哀？
娑婆萬象俱詩料，情采憑君任剪裁。

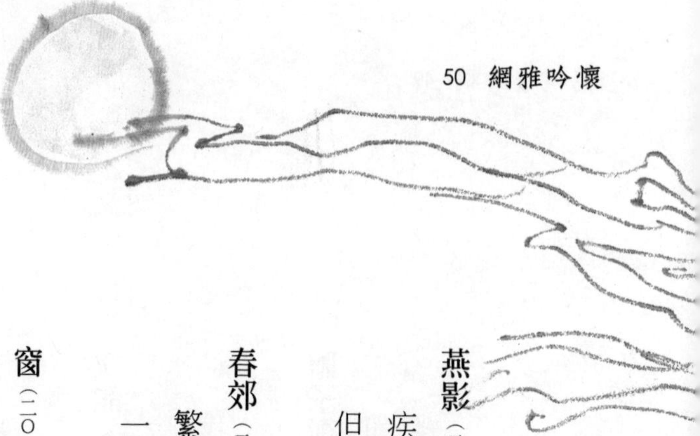

燕影（二○○七）

疾來迅往過門庭，倦影穿飛未歇停。
但恐嬌雛猶待哺，已忘壯志在青冥。

春郊（二○○七）

繁開似錦鋪郊陌，斜織如絲潤野煙。
一樣繽紛花並雨，妝成春色麗無邊。

窗（二○○七）

光華朗透色如金，淅瀝輕敲韻勝琴。
晴雨各涵情思好，小軒幽靜任閒吟。

台東關山環鎮單車之旅（二〇〇七）

兩面相持山勢壯，四圍迴響水聲柔。
輕車踏過晨光燦，綠野青疇眼底收。

駕車登太平山路以霧阻難行（二〇〇七）

撥霧推雲總不開，茫茫阻我上瑤臺。
可能絕妙清虛境，染垢凡夫未許來。

午夜東京晚眺（二〇〇七）

無限囂塵浸晚風，東京萬廈燦燈紅。
今宵多少榮華夢，都在遊人顧盼中。

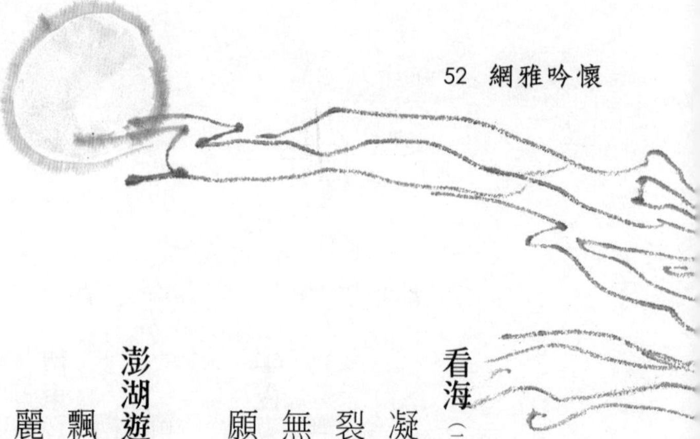

看海（二〇〇四）

凝望翻湧浪，意氣總難平。
裂岸千鈞勢，排空萬馬聲。
無涯豪壯景，不盡激昂情。
願駕風帆去，飄然海上行。

澎湖遊艇行（二〇〇五）

飄然海上行，勢若駕奔鯨。
麗日九天闊，長風一艇輕。
揚波舒鬱氣，破浪騁豪情。
但恐聲威壯，魚龍為擾驚。

傷鯉（一九九一）

次韻答李榮嘉落榜詩

玉尾蒙傷痛，銀鱗染血痕。
逆波猶壯志，指日躍龍門！

敬步芬陀利詞長〈網中人〉元玉（二〇〇四）

密網繫憑空，天涯彈指通。
似虛還似實，色相渺茫中。

世界盃足球賽（二〇〇六）

足下風雷動，人間鼓角揚。
四年嚴淬礪，一戰燦鋒芒。

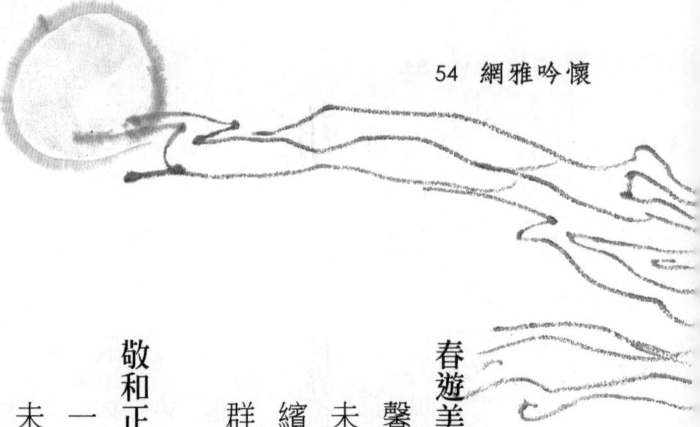

春遊美濃小鎮繁花如海（二〇〇七）

馨香旖旎醉東風，小鎮繁華獨不同。
未有高樓連廣廈，曾無酒綠映燈紅。
繽紛一片花如海，璀璨千家玉滿叢。
群客化身蜂與蝶，染沾春色彩畦中。

敬和正發兄〈維仁子衡來電致候〉（二〇〇七）

一年歡會總難期，北道南衢各騁馳。
未就蕪篇酬遠客，每從大作起遐思。
壯懷豪飲十千酒，雅興清吟三百詩。
詩酒慚余俱未逮，敢攀高士競雄雌？

奉題敏翔詞老《古今律聯韻粹》（二〇〇二）

名山事業許非凡，鶴壽何曾壯志芟。
久費精神窮韻府，廣蒐珠玉入瑤函。
千篇璀璨情辭茂，一卷鏗鏘格律嚴。
薈萃人間極珍味，好教騷客解詩饞。

感春（二〇〇三）

韶光漸去挽難回，熙攘風塵意轉灰。
窗外濛濛春雨滯，天涯悒悒晦霾堆。
昔年狂客心翻老，昨日嬌華瓣已頹。
欲掇殘英尋舊夢，紛紜庶務又相催。

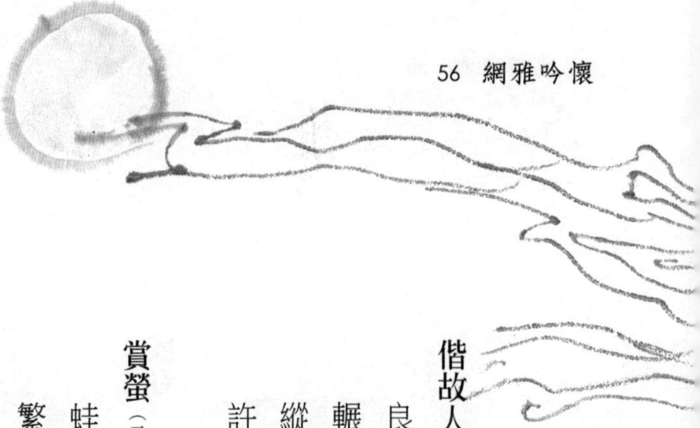

偕故人飲醉入八分而退（二〇〇六）

良宵歡會語喧闐，舊誼重溫在酒邊。
輾轉囂塵殊境遇，縈迴魂夢是情緣。
縱然醲郁如當日，畢竟豪狂遜少年。
許我還留二分醒，歸時笑踏月華妍。

賞螢（二〇〇七）

蛙鼓蟲吟溢草叢，飛螢點點舞玲瓏。
繁星眨謫紅塵裡，幻影游移暗夜中。
時藉林風飄上下，漫隨嵐氣向西東。
流光映照遊人夢，疑幻疑真趣靡窮。

過大龍峒老師府懷陳維英先生（二〇〇六）

庭前旗柱聳穹蒼，賢者勳猷奕世揚。
宅第長尊老師府，姓名新晉聖人堂。
百年聯匾徵文獻，一代風徽照序庠。
小邑弦歌猶嫋嫋，至今傳頌紫薇郎。

注：

一、陳維英（一八一一～一八六九），曾任福建閩縣教諭，掌教宜蘭仰山書院、台北學海書院，作育英才無數，時人尊為「陳老師」，陳悅記祖宅至今仍尊稱「老師府」。

二、陳維英於二〇〇六年九月以教育貢獻，入祀台北市孔子廟弘道祠。

三、大龍峒初開發時，街道有四十四間店面，號稱「四十四坎」，街首隘門題曰：「小邑弦歌」。

四、陳維英曾入京任職內閣中書，獲授「紫薇郎」匾額一方。唐代中書省又稱紫微省、紫薇省，中書官員雅稱紫薇郎。

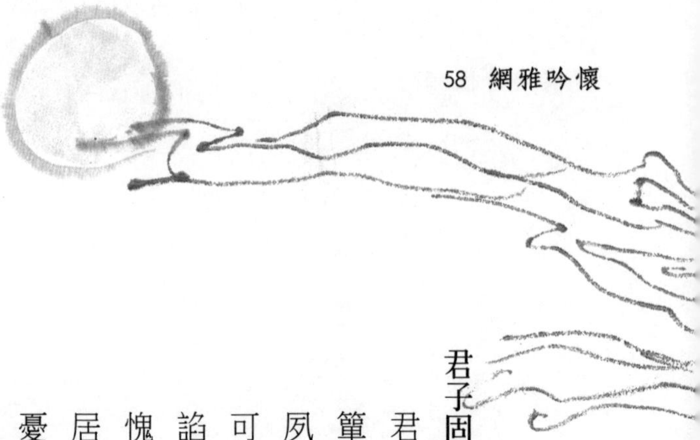

君子固窮歌（二〇〇二）

君子固窮存性真，窮斯濫矣其小人。
簞食瓢飲不移志，蟄居陋巷猶依仁。
夙昔自有典型在，明鏡豈許沾汙塵？
可憐而今蹇困者，徒羨青雲忘謹身。
諂迎詭詐竟無已，良知忍委趨湮淪。
愧我才菲學亦淺，不識丈夫能屈伸。
居處京華大不易，時或憂道還憂貧。
憂貧未敢志氣改，懶逐流俗隨時新。
樂道無妨世俗異，養晦自與詩書親。
行吟偶遇途窮處，不須黯然涕淚頻。

舊哨子歌（二〇〇七）

哨口依稀留齧痕，哨身通體猶完存。
流光浸蝕未磨滅，吹動哨音自激烈。
初鳴此哨青衿時，二十餘載隨驅馳。
主人漸逐俗塵老，哨響還如舊日好。
綺夢飄渺如雲煙，對此悵惘思韶年。
徒羨異質不衰朽，掌上摩挲感慨久。

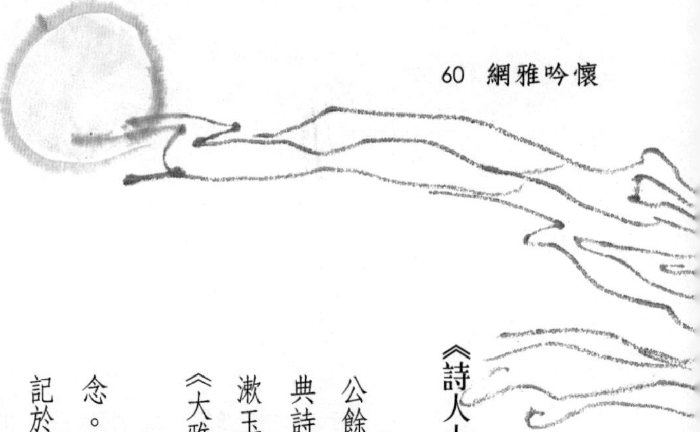

《詩人小記》

楊維仁，一九六六年出生於宜蘭，現任古亭國中教師。公餘之暇擔任天籟吟社總幹事、乾坤詩刊特約編輯、網路古典詩詞雅集版主，著有《抱樸樓吟草》（個人詩集）、《網川漱玉》（詩友合集），主編《天籟新聲》、《網雅吟選》，製作《大雅天籟：莫月娥古典詩吟唱專輯》。

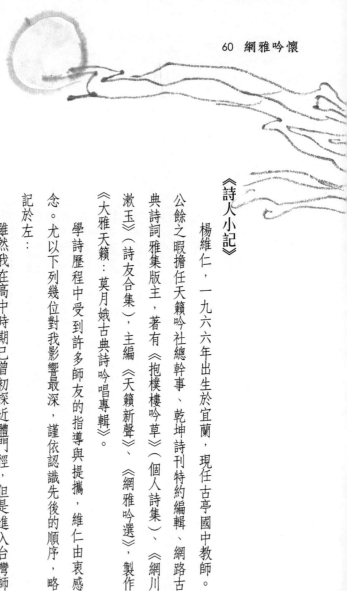

學詩歷程中受到許多師友的指導與提攜，維仁由衷感念。尤以下列幾位對我影響最深，謹依認識先後的順序，略記於左：

雖然我在高中時期已曾初探近體門徑，但是進入台灣師大南廬吟社之後，楊淙銘學長和張允中學長亦師亦友，對於我啟發指導甚多。自從師大畢業之後，在寫詩的道路上踽踽獨行，頗感落寞，張國裕老師引領我參加民間詩社活動，重啟我創作傳統詩的熱忱；莫月娥老師「感動」我吟詩，使得一向視此為畏途的我，此後居然也能暢與吟哦。陳耀東兄陪伴我進入電腦網路的世界，從此我在網路上認識了許多詩友，也開拓了更廣的詩緣。羅尚老師和張夢機老師都是我學生時代的「大師」和「偶像」，從公元兩千年起，居然有榮幸受到兩位老師的指導薰陶，使我的詩藝和詩心稍有寸進。

點點滴滴，縈繞於心。我感謝您們！

澄心集

澄天望涼月，映得本來心。

王凌蓮

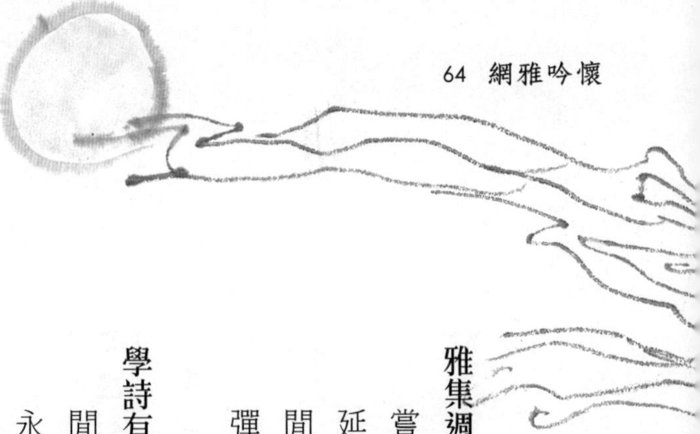

雅集週年有感

嘗因避亂闢桃源，網際吾儕築雅軒。
延目雖無徧紅樹，滌心但見論清言。
閒愁皆付吟中盡，知己相交宇內存。
彈指憑虛遊物外，臨屏把盞度晨昏。

學詩有感

閒來提筆漫隨思，幾載悲歡盡付詞。
永夜不眠緣興起，一窗搔首只天知。
感生秋水潺湲處，賦就春芳零落時。
毀譽留名何計算，吟詩之味在吟詩。

讀詩

高樓雨冷遠喧車，展卷清吟意自遐。
松下涼風覺吹袂，山間明月影窗紗。

回卞思姐〈讀「閒擲歲月」有感〉

回首行來顛簸路，漸無閒日賦閒情。
初心已付春風遠，倦意暗隨秋雨萌。
聚散平常似潮汐，悲歡交集是人生。
於今不羨東山臥，綠滿蝸居境亦清。

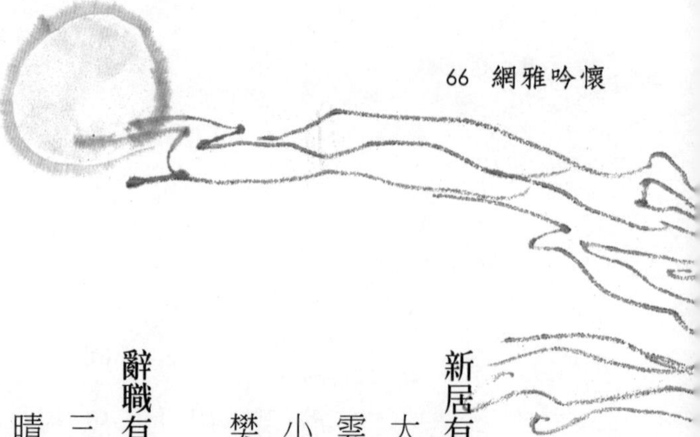

新居有感

大市一隅安得居，陽台栽木亦扶疏。
雲侵翠影篩風細，雨漏清音入夢徐。
小室搖籃盪幽意，芸窗落月照閒書。
樊籠欲別尋無路，暫掩門將俗嚷除。

辭職有感

三月煙花渾似夢，十年風雨又逢春。
晴暉傾洩穿窗暖，塵世消磨感歎頻。
豈負遙岑送新意，今拋雜慮返天真。
一瓢泉飲堪稱足，不為錙銖苦費神。

客來

初聞鈴響眼眉揚，臂把知交笑入堂。
芳草窗前輸綠意，浮雲天外透晴光。
談心促膝歡無盡，憶昔言今淚幾行。
豈慮明朝多少事，良宵未醉莫停觴。

客來二

灑掃殷勤敞草堂，和風悄送院花香。
庖間密密羅餚饌，案上頻頻置酒漿。
清談文章互欣喜，紅塵客夢懶思量。
杯闌暮晚猶餘興，共指窗前皎月光。

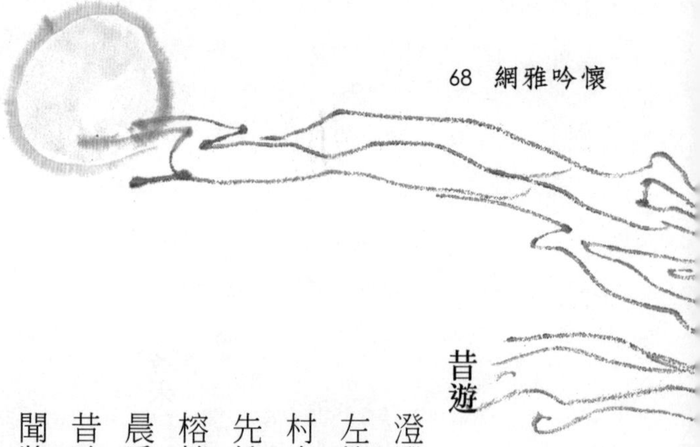

昔遊

澄澄天上月，照影曳前廊。牽憶童年事，渾回故里坊。
左籬呼小鳳，右舍喚阿芳。死黨奔鄰巷，跟班過矮牆。
村中同笑鬧，課後任行藏。探險由荒院，追蹤沒野芒。
先搜黑蚯蚓，繼捕綠螳螂。黃鳥參差語，紅花零落香。
榕梢閒足踝，雲絮滿襟裳。倦倚高枝上，濃眠粉蝶旁。
晨昏猶自換，寒暑替如常。知了聲何去？鞦韆夢未央。
昔時遊興好，今夕感懷長。消息堪尋問，儻朋皆渺茫。
聞將拆舊厝，接欲起新房。從此存愁緒，憑誰慰別傷。
老來多眷念，歲晚更思量。半盞茶煙冷，一軒風色涼。
疏星明復滅，寒宇浸孤光。

水調歌頭　約定

縱使有明月，何與共嬋娟？
如今姊妹相隔，塵世與黃泉。
欲問魂歸何處？是否淒寒無助？或已化飛仙？
夜夜待魂返，夜夜不成眠。

今破曉，忽入夢，笑如前。
醒來淚湧，肝腸俱斷恨無邊，
許是莊生一夢，或有輪迴撥弄，不信已無緣，
相約百年後，再聚九重天。

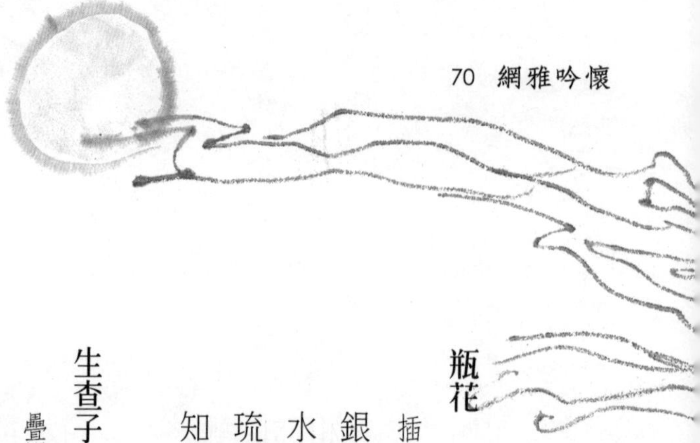

瓶花

插在玻璃瓶中的滿天星

銀河倒瀉入明窗，細拾天星供畫堂。
水注瓶中波蕩漾，枝搖風底氣芬芳。
琉璃一似卿心淨，粉蕊密如余意狂。
知我相思簾上月，憐花永夜吐清光。

生查子

疊韻和漢宮秋

天邊三兩星，皎月雲遮去。
竟夜不成眠，世事愁如許。
漫尋案上箋，點檢當時句。
殘葉落窗前，脈脈同誰語。

曇花

和思虹詞長

姿似仙家指月來，纖纖皓玉絕塵埃。
只因濁世無人醒，自向更深片刻開。

鷓鴣天　石蘭

意適幽居石縫中，嵐煙縹緲濕林空。
偶傳迷徑樵人語，時見飲溪麋鹿蹤。
盟白鶴，傍青松，絕塵獨立此雲峰。
自開自落無須問，月轉星沉待曉風。

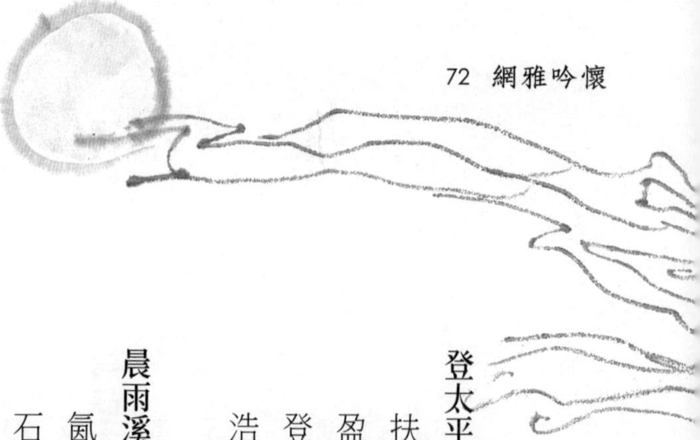

登太平山

扶雲步幽徑，微日草光侵。
盈耳清流澗，參天古木林。
登高山愈靜，眺遠意何深。
浩瀚長空闊，天心映素心。

晨雨溪頭漫步

氤氳春色草萋萋，幾樹櫻花化濕泥。
石徑茫茫雲影重，杉林漠漠雨聲低。
似垂簾把喧囂隔，猶起煙將物我齊。
始覺空山有幽意，跳波互濺入清溪。

春遊

次韻德儒詞長

隱隱嵐煙翠色封，興登深嶺野風從。
白雲溪上生涼意，紅日枝間帶醉容。
踏過飛橋隔喧市，欲隨歸鳥臥長松。
掬來甘澗茶新試，一盞水清浮玉峰。

冬遊奧萬大

冬臨奧萬大，疑入畫中觀。
楓木紅初透，竹林黃未殘。
疏雲凝綠岫，冷石咽青湍。
白鷺悠飛處，嵐煙澹澹寒。

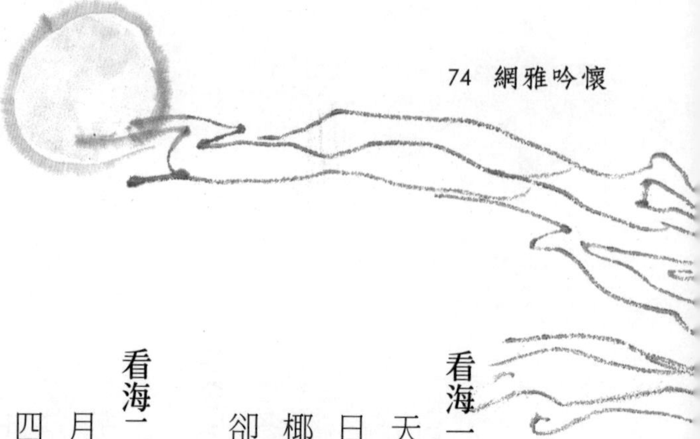

看海一

天高雲影澹，碧海正澄明。
日下閒鷗掠，灘前細雪生。
椰風驅暑意，足印記人行。
卻看無情浪，往來沙復平。

看海二

月落長沙岸，微風拂髮輕。
四垂星熠熠，千里浪瑩瑩。
宇宙渾無盡，波瀾自未平。
孤身天地闊，盈耳盡潮聲。

雨後

黃昏滌塵雨，晚霽水風輕。
透戶蟬清響，含煙月半明。
琉璃鑲濕徑，翡翠襯餘英。
殘滴簷前落，留肩欲伴行。

觀池魚

舒卷波光映碧鮮，白雲忽破起漪漣。
池魚豈困春深水，看自悠遊一片天。

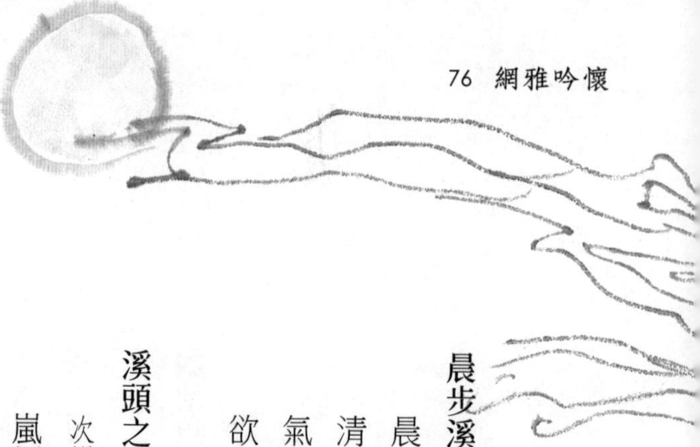

晨步溪頭之二

晨入杉林徑，幽微渺翠煙，
清輝蔭間落，瑩露草尖懸，
氣淨流嵐影，山空滿澗泉，
欲思塵裡事，先倚片雲眠。

溪頭之一

次韻德儒詞長

嵐煙縹渺繞溪頭，勝景邀人恣意留。
雲徑遊當秉夜燭，星河疑可泛仙舟。
紅櫻逐澗魚鱗跳，翠竹篩風日色幽。
不記千般山外事，蹇衣赤足濯清流。

車票

憑此離人把夢圓，我登車去向何邊？
掌心一票望前路，霧鎖千山獨惘然。

夜歸二

踽踽還家過板橋，清輝如水浸寒宵。
何時識得歸山路，長宇碧雲魂夢遙。

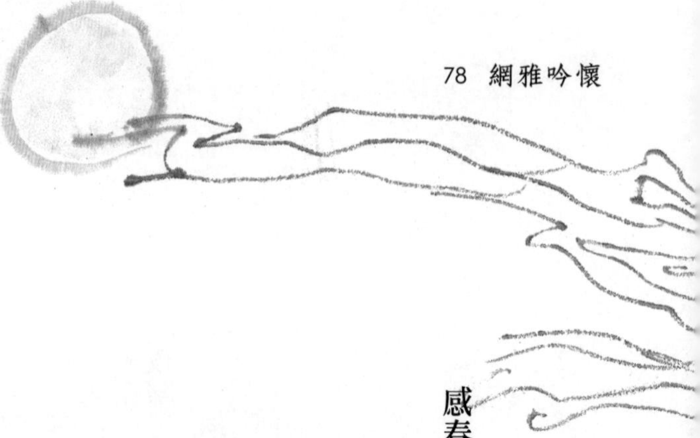

感春

微寒細雨濕花台，
縹渺遙山雲霧堆。
閒就玻璃漫書畫，
懶凝思緒自徘徊。
侵階黃草生新綠，
映影烏絲驚淡灰。
瑩露蜿蜒滑窗去，
春愁卻帶滿懷來。

鳳凰臺上憶吹簫　過吊橋有感

世路艱辛，無依得恃，爭如行索高空。
恐淵深難測，履步怔忡。
風動飄搖卻墜，時更有、白雨濛濛。
惟低首，不觀前路，不問何終。

尋吟，何妨暫歇，放眼碧天雲，萬里青蔥。
聽深林鳴鳥，澗水淙淙。
頓覺心寬境廣、消一笑、萬事從容。
從容處，身輕自若，任御長風。

《詩人小記》

王凌蓮，筆名碧雲天。

與詩詞結緣於小學一年級被老師押著背「白日依山盡，黃河入海流」等唐詩三百首開始。到了國中以後，因為迷上了瓊瑤阿姨的小說，亦被書中穿插的唯美浪漫詩句著迷，更以背詩為樂。只是工作之後，一切來到了現實，工作、工作、工作，漸漸地完全忘了曾有的少女浪漫情懷。

直到二〇〇〇年無意在網路上接觸到詩詞網站，再一次藉由網路，穿越時間與空間，回到了詩詞的世界，也終於在一堆熱心的詩友教導下，開始學習詩詞創作。

至今，詩仍只學了些些，開心的是交到了許多交心的詩友，重拾初心，最為可貴。雖然近兩三年來，由於環境改變，不得不努力工作，暫時無暇創作，無論如何，生命中永遠保留一角給我最愛的詩詞。

聽潮集

潮聲聽不盡，縹緲在雲端。

小發

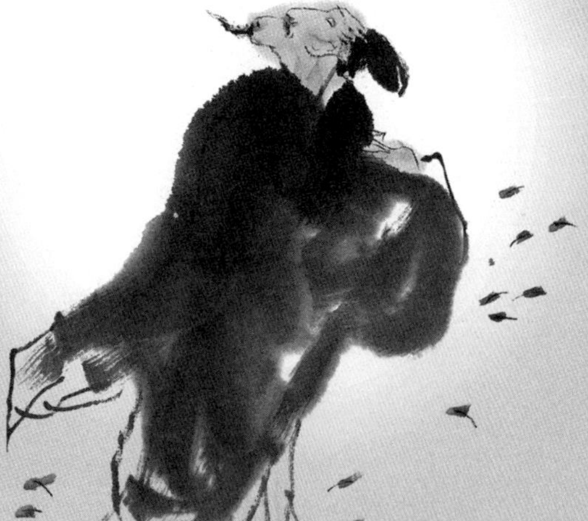

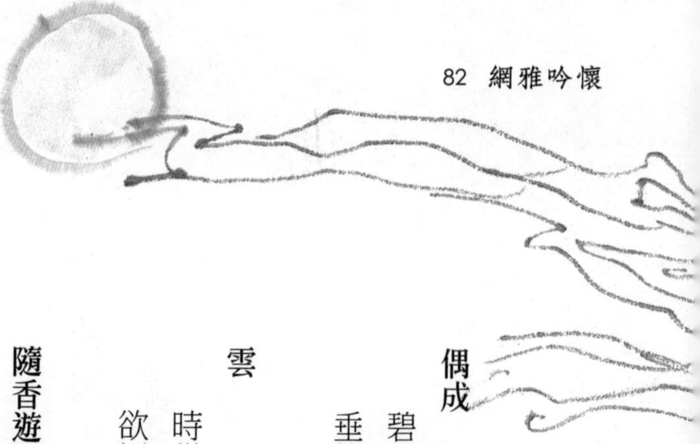

偶成

碧池無動靜，雲在水中行。
垂柳繫不住，惟留山色清。

雲

時從巫岫出，來去似悠悠，
欲託相思意，徒言不繫愁。

隨香遊關仔嶺口占

來時身是客，去自踏歌聲。
回首無痕跡，浮雲嶺上橫。

雨夜偶感　其一

密雨孤燈隔碧紗，從來咫尺是天涯。
當時自恃多顏色，此夕何人惜落花。

雨夜偶感　其二

斂翅安棲少計謀，連宵風雨豈無憂。
清高警世皆穿鑿，獨向西風唱晚秋。

春日偶成

溪南碧草正披紛，溪北枯枝猶似焚。
燕子歸來莫相問，如何春色不平分。

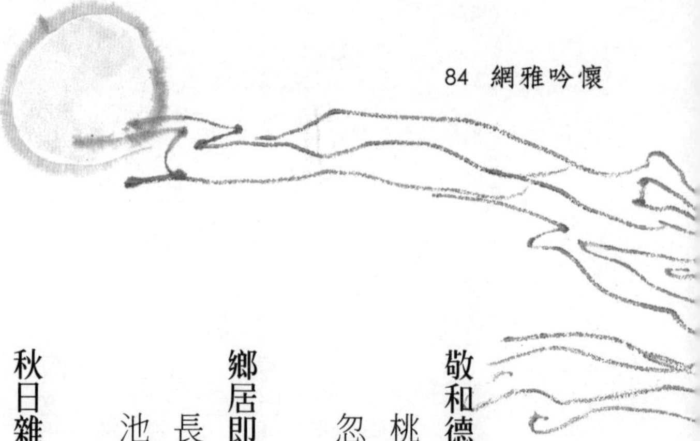

敬和德儒兄春日偶成元玉

桃紅柳綠本無詩，萬物天成自有時。
忽見春風轉深碧，一竿日影為誰移。

鄉居即景

長堤夕日照漁家，汩汩終朝是水車。
池岸不惟芳草綠，蒹葭尚著去年花。

秋日雜詠

瀛島清秋未著霜，菊花桐葉亂爭黃。
簷前燕雀閒無事，競與西風說短長。

春日雜詠

二月桃花已半殘，疏風密雨尚盤桓。
東君有意留春住，故遣柔條繫小寒。

有懷　其一

白雲何故在青天，逝水終難駐眼前。
獨立風前看花落，空懷綺夢十三年。

有懷　其二

託雲寄月兩無成，信斷應知負舊盟。
才覺傷心風不管，沾衣清淚夾飛英。

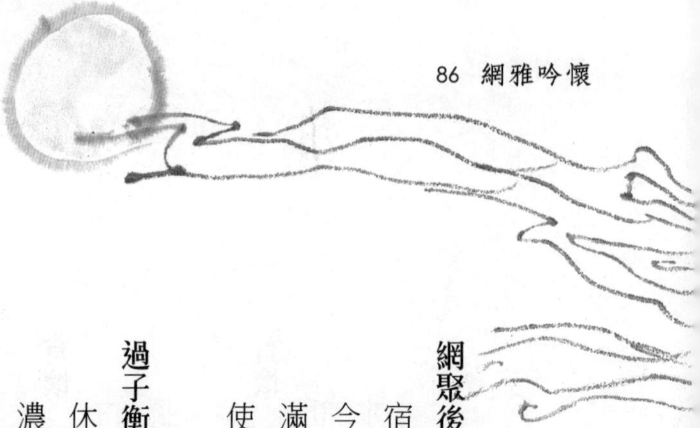

網聚後有寄

宿命無稽處，前緣豈易尋。
今朝逢陌路，來日結知音。
滿眼皆過客，寸心惟素琴。
使彈同一調，不嘆隔商參。

過子衡家夜飲後作

休吟止酒歌，良夜樂如何？
濃酴猶嫌薄，知心不必多。
傷情君莫怪，憶昔淚如沱。
醉語隨煙渺，明朝徒自哦。

詠蟬

摩翅欲凌空，離塵抱碧桐。
聲微猶警世，夢短豈由衷。
清露君能飽，高枝誰與同。
應知螳雀意，不必怨西風。

秋日侍舅父訪戎庵詩老

秋日得奇緣，舅甥同訪賢。
開樽迎舊友，把臂話桑田。
即席彈深意，何人解雅絃。
法門傳後學，情摯屢忘年。

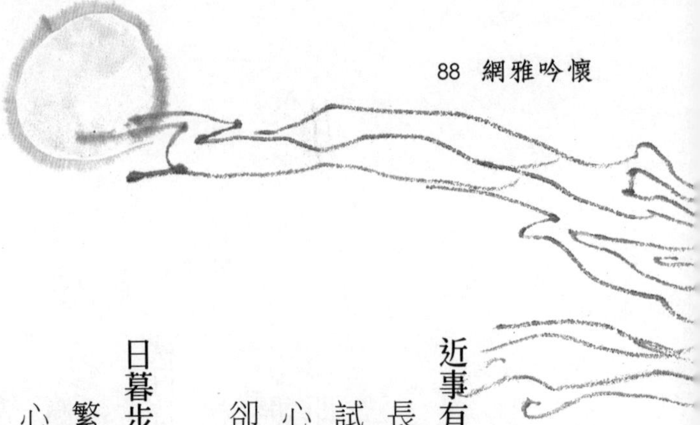

近事有感

長歎舒鬱氣，何事苦矜持。
試問百年後，誰諳今日癡。
心寬愁自淡，性定志無移。
卻看煙波散，雲天映碧池。

日暮步小園偶感

繁華難久恃，轉逐各生涯。
心繫無情處，神隨絕世槎。
且將今日葉，看做去年花。
開謝憑誰意，悠然對晚霞。

浮雲遊子意

從遊北地十年餘，別苦休言意未紓。
子夜難眠常怨枕，高樓遠眺獨思畬。
雲緣底事辭幽谷，我為謀生離故居。
幾度夕陽沉寂後，坐看星月共浮渠。

讀《閒擲歲月》後作贈碧雲天

懸毫合卷近中宵，不定情懷猶似潮。
逐句沉吟緣積習，平心細檢息紛囂。
書中歲月非閒擲，夢裡悲歡應漸消。
自適誰如枕流客，樂天市隱勝漁樵。

注：《閒擲歲月》乃碧雲天詞長之詩詞日記。

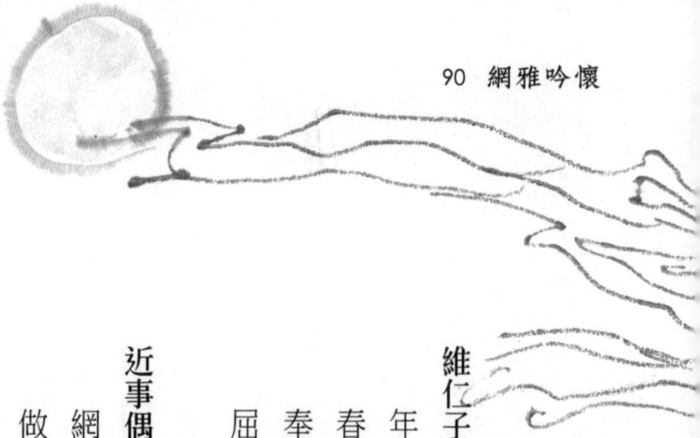

維仁子衡來電致候戲作

年年聚散待佳期，野馬游塵歲月馳。
春自梅開便消損，人從別後始相思。
奉酬愧我難成句，邀飲勞君先和詩。
屈指重逢應未遠，拼將一醉較雄雌。

近事偶感

網路從來各渭涇，年華枉損對螢屏。
做人難得真無悔，處世堪憐假正經。
狂士何曾傷落拓，虛名猶恐到門庭。
一身千化辛勞甚，能換凌煙第幾銘。

月夜有懷

河漢迢遙誰渡舟，多情猶恐意難酬。
迷離未許他人笑，愛恨都從今夜休。
萬里關山曾入夢，一窗風月怯憑樓。
此身已覺無餘物，除卻相思只剩愁。

庭前百合開謝賦寄友人

不獨繁華難久持，細推物理總如斯。
廿年心事終成幻，一枕潮聲聽到癡。
寧信千金能買笑，何須此刻苦吟詩。
可憐百合花開日，已是濃情轉薄時。

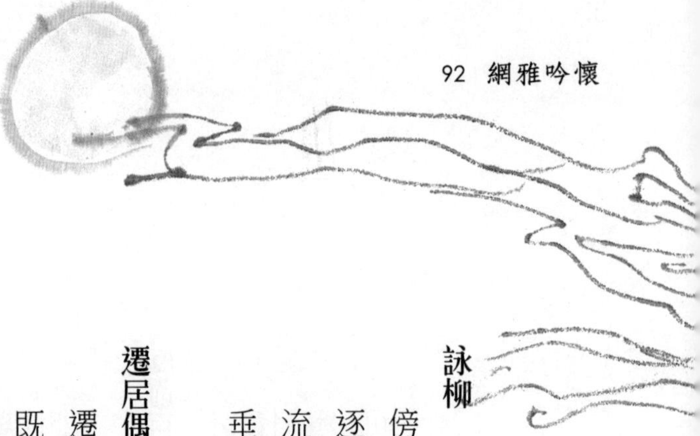

詠柳

傍池攲高牆，迷煙拂野徑。
逐風漫誇腰，莫言性難定。
流鶯穿未休，夏蟬噪不絕。
垂首思此生，豈為贈離別？

遷居偶得

遷居緣何故，不願苦折腰。
既然無長袖，及早學逍遙。
繁華何所慕，恰似南柯寤。
未及抒余懷，轉眼日已暮。
人生千百態，癡心總罣礙。
即行莫三思，應知時難再。

止酒歌

酒兮是何物？夢中問杜康。上界與塵世，飲者趨若狂。
嗜飲無劣酒，能醉即瓊漿。大宴不辭滿，小酌頻飛觴。
微醺意未盡，酩酊更逞強。一醉千百態，各自言荒唐。
或吟失意調，涕淚沾衣裳。或言不得志，處處逢高牆。
或憐遠行客，底時歸故鄉。或嗤八卦誌，竟日蜚短長。
或論萬民苦，欲把時世匡。或誇風流史，知己皆紅妝。
似此言不盡，慣見成平常。酒兮本良物，淺酌誠無妨。
何須飲必醉，藉口愁難忘。久飲既成習，非關情與傷。
欲止不可止，竟日惟茫茫。

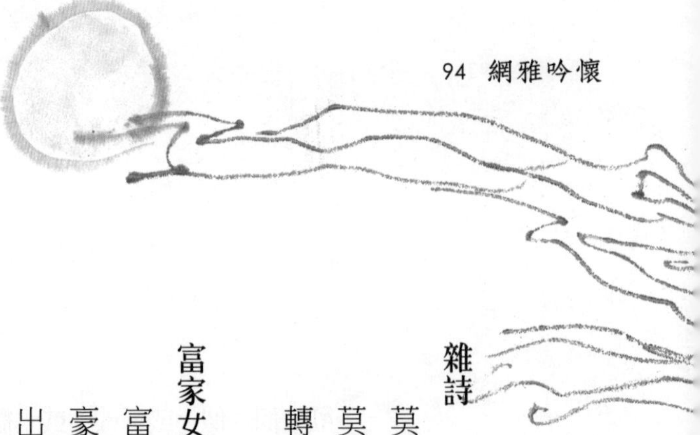

雜詩

莫歎花不開，花開必有謝。
莫道葉常新，榮華只一夏。
轉念俱成空，何須論高下。

富家女

富家女，才無倫，富家女，值千金。
豪宅侍衛嚴森森，深院重門鎖春心。
出入名車使奴僕，欲向何處尋知音。
推窗望月自噓嘆，攬風踱步時沉吟。
富家女，撫瑤琴。誰解伊人幽恨深。
清風薄情留不住，惟有明月相照臨。

逐客

客兮客兮汝莫來，吾家漁事繁如篩，
朝投魚食數百石，暮巡漁塘幾十回。
日蒸鐵屋正炎烈，時已過午鼎未熱，
但逢客來欲何如，煮水烹茗卻難悅。
口啖茶點惟閒談，羲和車駕馳西南，
前客未辭後客至，似此紛擾情何堪。
長兄主事本非我，無由逐客散其夥，
自知器小心難平，漫卷詩書倚窗坐。

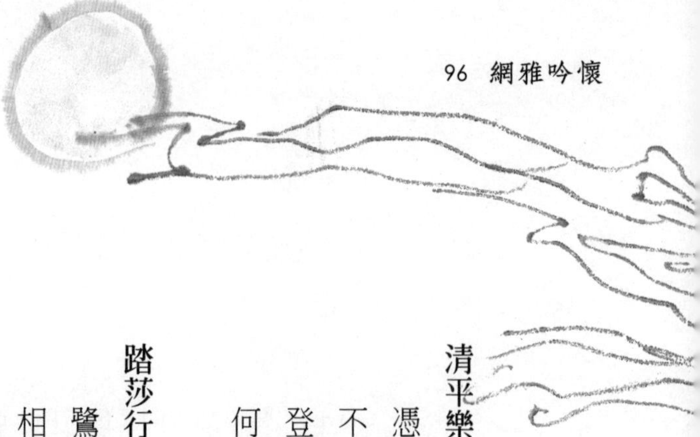

清平樂

憑窗聽雨，悶坐無情緒。
不悔癡心曾暗許，此日都隨它去。
登樓獨望天涯，春風又度誰家？
何必愁腸萬結，從今各逐繁華。

踏莎行

鷺帶殘暉，煙迷遠樹，登樓不見天涯路，
相思有意託浮雲，可堪臨寄都無語。
故作滄桑，慣懷愁慮，想來只是無情緒，
花紅葉綠奈如何，難禁一夜瀟瀟雨。

江城梅花引

風清雲淡雨初收，上高樓，下高樓，
閒步輕吟，無事莫尋愁，何處絃歌聲隱隱，
難相覓，盡餘暉、意未休。

未休未休望遠丘，月色幽，夜正柔，
過客過客，過眼事、何必回頭，
雁渡寒潭，誰見影長留，人在紅塵塵不染，
憑此願，寄余心、物外遊。

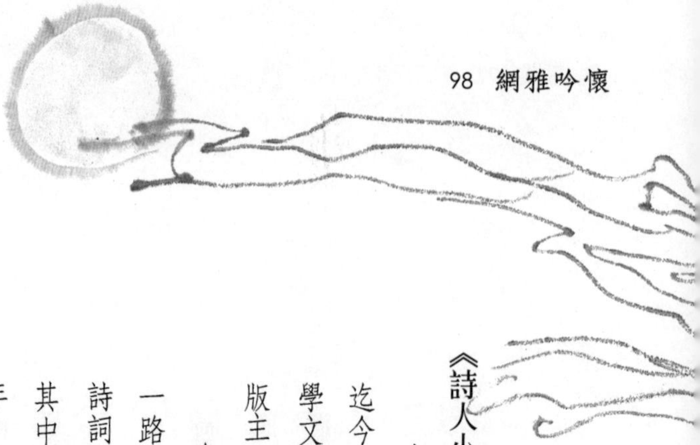

《詩人小記》

小發，本名李正發，雲林縣口湖鄉人。退伍後始習詩，迄今十年。曾任職銀行員，後自營早餐店，現就讀於南華大學文學系碩士班，並擔任「網路古典詩詞雅集」管理團隊及版主。

身為「網路古典詩詞雅集」網站的發起人之一，與雅集一路走來，至今已五年有餘，其間雖有風雨，然喜愛古典詩詞之心依舊，更喜見同好者日增，彼此唱酬賡吟，樂在其中。此次集結成書，距上次《網川漱玉》出版已逾四年，欣喜之情自是難以言喻，然自檢詩作竟無寸進，亦難免忐忑羞赧。惟作為成長之紀錄，而不計工拙，便不妨災梨禍棗一番了。

子衡吟草

驚濤應共我，高唱大江東。

吳身權

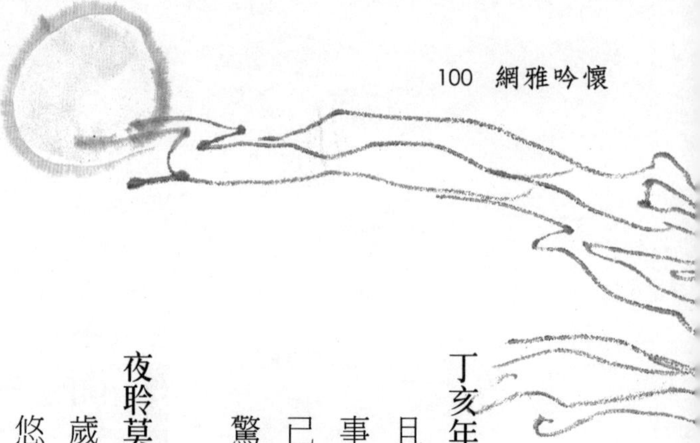

丁亥年春調任新竹

且效一冥鴻，飄然向紫穹。
事繁心欲靜，運蹇志非窮。
已別鵑城雨，來聽竹塹風。
驚濤應共我，高唱大江東。

夜聆莫月娥老師《大雅天籟》

歲末微寒夜，獨聆蒼勁音。
悠悠初版曲，戚戚古人心。
把酒連杯飲，隨詩入口吟。
更殘情未盡，醉底意猶深。

冬雨

朔氣透簾帷，霏微冷碧池。
孟冬風有淚，三五月無姿。
酒借瀟湘意，人吟落拓詩。
莫懷花謝怨，已近臘梅期。

新月

繁星拱細眉，靜夜掛疏枝。
有意藏嬌面，無心瀲碧池。
緣何羞魄影？敢是憶圓時。
只待中秋日，同君慰舊思。

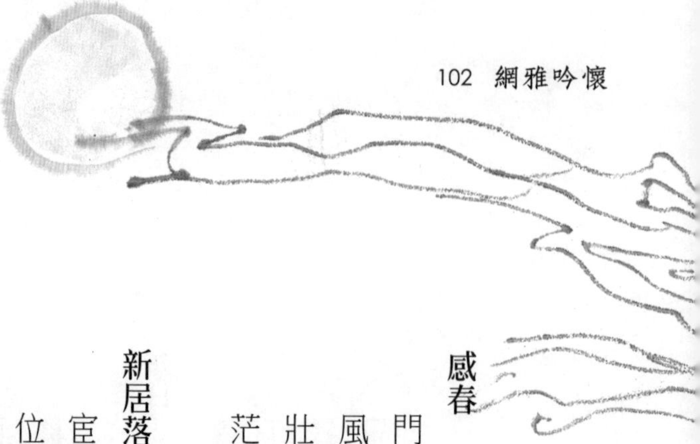

感春

門外東君得得來，賞春無意獨低徊。
風前細柳輕盈舉，雨後遲花冷淡開。
壯志已隨華髮改，幽心都付舊詩裁。
茫茫往事如煙逝，有淚晶瑩在酒杯。

新居落成有記

宦遊十載志稍舒，喜趁新春雅結廬。
位處華街雖擾擾，心懷大隱自如如。
公繁難得三餘趣，室小猶堆一架書。
不減豪情仍故我，哦詩縱酒上華胥。

無題

穿峽登高路轉迴，蜿蜒疑是上天台。
初更月冷觀音嶺，清夜星垂淡水隈。
絮語何能消壘塊，芳心幾可絕塵埃。
須知此別隔南北，千里相思誰寄來。

聞歌有感

獨飲銷魂醉復醒，含悲是夜說曾經。
三生不了隨緣盡，一曲何堪傍酒聽。
彈指多年傷聚散，寄情無處怨飄零。
水流花落依然故，忍付塵心入杳冥。

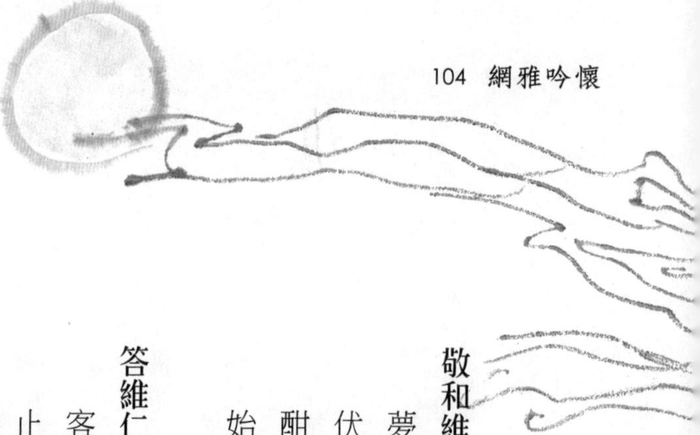

敬和維仁詞長偕故人飲

夢浮塵海枉流連，獨任淒迷在酒邊。
伏案寧收昨宵淚，添杯忍敘舊時緣。
酣吟落拓無多日，憤寫瀟湘又幾年。
始識無情方有恨，且憑痴筆賦詩妍。

答維仁兄

客途移轉似飄蓬，夢底依稀印爪鴻。
止酒歌中語驚座，無題句裡淚盈衷。
我頻邀醉黑風洞，君敢效騎青玉驄？
笑憶曾吟彈鋏去，痴狂仍與舊時同。

無題

寥落星辰寂寞風，中宵久立淚濛濛。
多情已葬零花底，萬念皆沉醉酒中。
夢枉三生真欲死，人癡一世恨成空。
紅塵誰可傳癡語？好讓卿心解寸衷。

無題

冷冷孤燈一夜風，低迴把酒望蒼穹。
珠漣豈合流杯底，夢醒依然在醉中。
忍把新愁追逝水，唯將往事葬殘紅。
勸君莫笑多情客，吟至鬢斑猶未終。

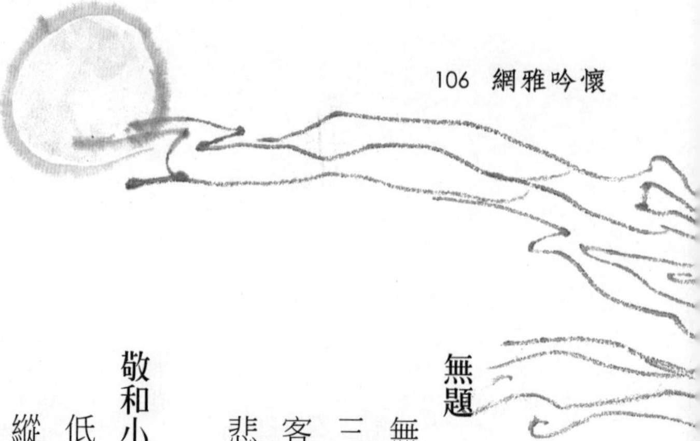

無題

無奈春城無奈風，憑添蕭瑟感匆匆。
三更舊夢沉杯底，一縷情絲在淚中。
客憶荒山曾有約，心留恨海豈由衷。
悲花笑月誰知我，醉始清明萬念空。

敬和小發詞長月夜有懷

低吟一曲放輕舟，明月清風堪對酬。
縱酒自當歌不斷，訴情何必語還休。
無心玄鐵難磨劍，有志荒原可起樓。
竹塹風中候君至，良宵把盞共澆愁。

題雪 之一

澹竹蘆三社聯吟擊缽

憑風遍灑自難羈，任舞寒天歲暮時，
潔質生來從不染，爭教墨客鑄新詞。

題雪 之二

銀妝染就點輕脂，何處飛花落玉墀，
應是素娥憐歲晚，邀梅共舞太平時。

羊歲抒懷

吉羊呈瑞歲呈祥，網際吟哦興未央。
夢至無邊花月夜，展書怡酒快詩腸。

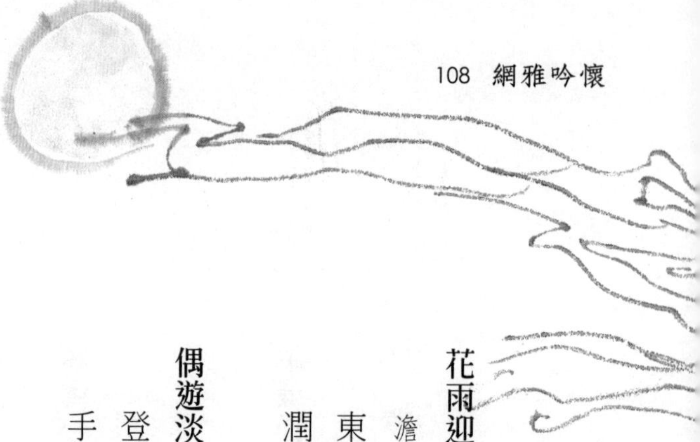

花雨迎春

澹竹蘆三社聯吟擊缽

東風嫋嫋輕搖綠，細雨綿綿漸濕衫，
潤得風城花似錦，好迎青帝下塵凡。

偶遊淡水

登船小渡逐波遊，兩岸風光入眼收，
手把銀觥問江海，滔滔可載幾多愁？

偶懷

窗邊夜色漸朦朧，三載裁詩淚酒中。
只為重吟多感慨，暫拋塵俗醉清風。

有懷

誤攀詩酒踏紅塵，乍醉還醒孰是真？
句裡何留癡與恨？須知我本斷腸人。

記夢

耕織晨昏妾語嬌，乍悲還喜夢通宵，
誰憐日影迴窗入，虛擲人生又一朝。

雨夜愁飲

人去花飛兩不知，深宵獨我醉多時，
隔窗誰奏淋鈴曲，許是蒼天帶淚詩。

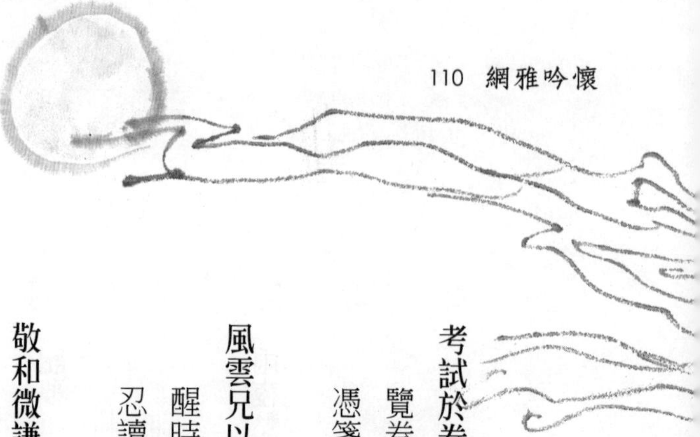

考試於卷上口號

覽卷惶惶悔已遲，茫然秉筆苦無思。
憑箋泫把傷情賦。愧未深研十九詩。

風雲兄以詩相勉有感

醒時狂妄醉時癡，復醒中宵又醉時。
忍讀殷殷詩友句，此心堪捧與君知。

敬和微謙詞長〈于子衡詞長家中對酒而成詩〉

與君添酒滌塵心，舊夢如煙且醉吟。
飲盡杯中千古事，憑風調曲入瑤琴。

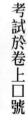

公餘有感

徇私枉法廢乾坤，凜志消磨道不存。
直欲乘風凌鶴去，好憑杯酒酹吟魂。

遊馬祖東莒大埔石刻

赫赫軍功古戰場，煙塵一掩百年荒。
江山遞換狂濤裡，我撫碑文感意長。

註：大埔石刻位於馬祖東莒島西南隅的山崖旁，原文為【萬曆彊梧大荒落地臘後挾日宣州沈君有容獲生倭六十九名於東沙之島不傷一卒閩人董應舉題此】，係記載明萬曆四十五年五月，福寧參將沈有容興師討伐犯我閩、浙沿海的倭寇，生俘倭寇六十九人，不傷一兵一卒，時適居此文人董應舉特銘石記載。

國軍進駐東莒島時，構築防禦工事時意外發現一字，經研判可能為重要古蹟，乃蓄意挖掘，並修建圍牆保護。後經雷開瑄將軍任馬祖防衛部司令時，下令興建六角亭乙座於石刻之上，工程歷時四個月，始成今日規模。

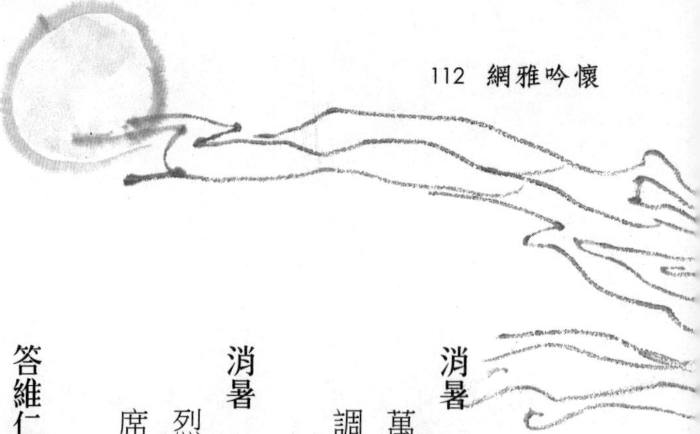

消暑　之一

萬里晴空豔豔時，薰風拂柳夏雲滋。
調冰喜得消炎暑，更待邀荷醉一卮。

消暑　之二

烈日炎蒸雅會時，各懷吟興任飛馳。
席前何必搖蒲扇，已秉冰心好賦詩。

答維仁兄贈詩

酒杯除卻已無才，數載荒唐實可哀，
萬事真如渾一醉，頻噫癡語入詩裁。

醉飲

醉飲流霞復幾杯，相思檢點對誰猜。
繁花恨不解癡語，殘句悄隨霜鬢裁。

往事

往事如塵舊夢遙，燈前息語默中宵。
懷傷檢點當時句，誰共銜杯慰寂寥。

有懷

喟然無語訴愁兮，未到蓬山已醉迷。
始解相思原是錯，從今不再賦無題。

《詩人小記》

吳身權，字子衡，新竹市警察局警員。

學習古典詩已歷七載，期間因俗事纏身，中斷了三年多不曾提筆。有幸昔日良師益友，不曾將我遺忘，仍是不斷的督促我寫詩，並邀約參加各種詩會及聯吟活動，終究還是讓我在百忙之餘，重新回到古典詩的創作領域。

二○○七年是我人生中重要的轉折點，年初調任新竹市警察局，並於二月在新竹市購置新居，曾經山居坪林、海渡馬祖的遊子，終也安定下來面對新的工作與挑戰。如今雅集又將集結出書，細檢近年舊作頗感馬齒徒增，仍是些不成熟的作品，實在深感慚愧。只期望爾後習詩之路，能得諸君不吝指點。

不歌而詩

願效清儒求實事，學思性命兩相安。

李岳儒

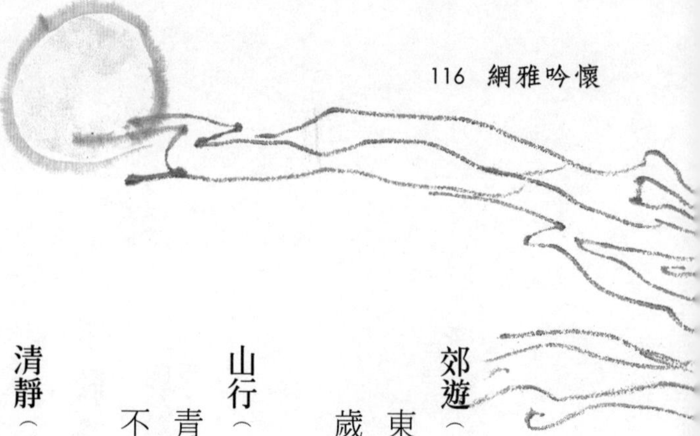

郊遊（一九九三）

東風漸起綠波流，白日天光泛小舟。
歲盡年來新芽出，韶光莫負共郊遊。

山行（一九九三）

青松夾山徑，綠葉蔽蒼穹。
不見林深處，何來暗穴風。

清靜（一九九三）

白日窗前撫，空濛耳外音。
悠悠時已逝，淡淡是吾心。

端午前夕雨（一九九三）

耳外鳴階泣，淒淒夜色傳。
幽幽蘭草質，不得美人憐。

秋思（一九九三）

珠簾簷外雨，滴滴打西窗。
白葦千重浪，蒼山一帶江。

夜讀（一九九四）

天邊白玉清輝顯，照我千年太史箴。
手持春秋褒貶法，書傳萬古是非心。

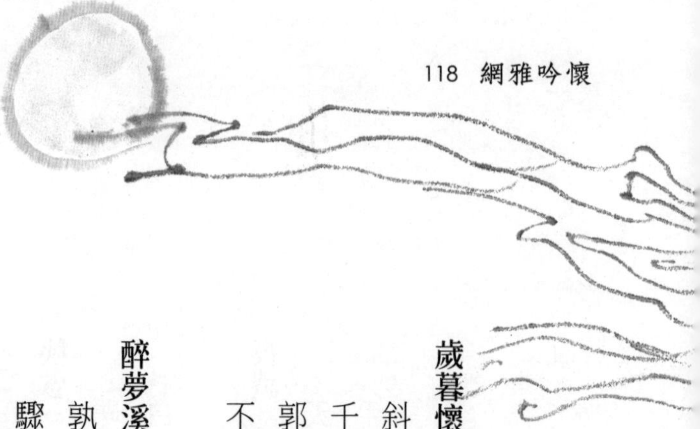

歲暮懷鄉（一九九四）

斜日沈沈依眾壑，濃雲卷卷漫黃昏。
千家萬戶團圓火，落葉枯枝流浪魂。
郭北長嘶胡馬立，枝南哀唱越禽蹲。
不覺斜日歸暘谷，暘谷之西故土村。

醉夢溪（一九九四）

孰仙佳釀落凡疇，竟使群山成此流。
驟雨黃龍翻濁浪，初晴碧玉臥沙洲。
斑斑墨竹湘妃去，淡淡輕煙呂祖留。
且飲三杯杜康水，乘風駕鶴上雲浮。

詠月（一九九四）

大專聯吟後，自中山大學歸，國恩於車中邀作。

試敗歸鄉子夜寒，遠村微火冷旁觀。
何來一地溫柔水，萬里嫦娥正探看。

仲冬十日中山樓後觀花（一九九四）

聞是夜寒流將來。

奼紫嫣紅樹樹開，嬌妍未若雪中梅。
不知雨打風吹後，枝上殘花剩幾枚。

花影（一九九五）

娥姮瀉水地如池，滿院清香弄桂枝。
未入明皇窗上紙，何人提筆畫芳姿。

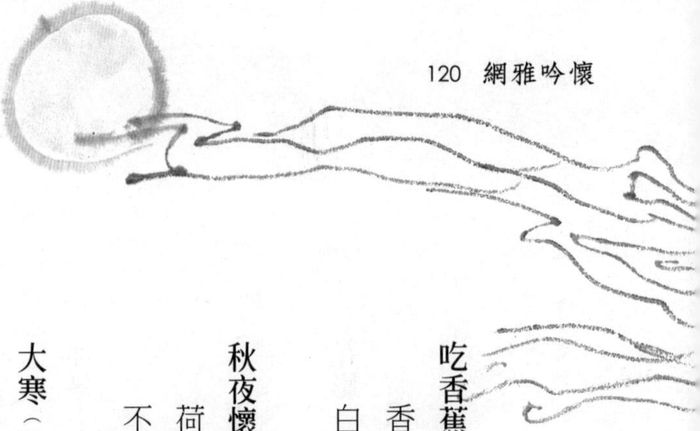

吃香蕉有感（一九九五）

香蕉玉實因誰展，彷彿新芳手上開。
白蕊甘甜留肚腹，黃花委地化塵埃。

秋夜懷友（一九九五）

荷葉潭邊蟋蟀唱，波心碎月蕩餘光。
不知花藕連何處，猶坐池堤憶遠香。

大寒（一九九六）

玉帝貪眠不上朝，無常懼渡奈何橋。
薄冰日午猶三尺，輕服家居竟九貂，
道上溫吞白熊走，岸旁笨拙企鵝搖。
鈴鐺陣陣響麋鹿，紅帽老人乘雪橇。

失眠（一九九七）

日中行事必傷德，夜裡周公不見招。
起點孤燈向書壁，坐聽滴水待明朝。

滴水：疑為冷氣機滴水聲。

偶見（一九九七）

傅斯年圖書館見《忘憂清樂集》尋顧師言〈鎮神頭譜〉未獲。

傳圖三進藏清樂，蝴蝶翻飛意蕊舒。
不見師言鎮神譜，誰云此乃忘憂書。

蝴蝶：該書作仿古蝴蝶裝。

新竹（一九九七）

篇題新竹寫新詩，不解農桑不可思。
總謂初生枝幹小，虛心不若老成時。

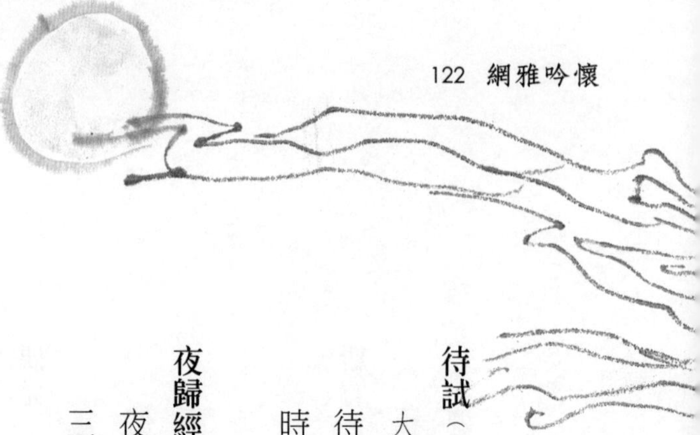

待試（一九九七）

大專聯吟於東吳大學試場中作。

待試歌詩小杜棚，遙聞場外簡公聲。
時將至日風猶暖，睡眼昏昏夢一生。

夜歸經八芝蘭大西路（一九九九）

夜半芝蘭顯幽寂，悠然路轉大西明。
三更零落惟春雨，一徑參差皆燕聲。

詠寒梅（一九九九）

昔就學政大，先師 閔宗述嘗言臺島桃花冬日猶開，是為妖花，今得此題，憶先師之言，故作之。

瀛洲冬至無霜雪，臘月百花猶未凋。
徒見嬌嬈非本性，唯存此品不為妖。

次景琳女史千禧詩韻（二〇〇〇）

二穫已收留禿田，紛紛故舊就長箋。
乍聞子夜人聲沸，一事無成愧過年。

聞邱女史將至中臺禪寺禪七作（二〇〇〇）

林木森森日照塵，伽藍唄讚渡迷身。
可憐長髮無緣法，散落人間繫俗人。

題鳳閔女史寄贈風櫃斗梅花像（二〇〇〇）

曲迴蒼勁嶺中梅，白雪紛紛向上堆。
不欲圖中唯一物，風姿偏讓遠山來。

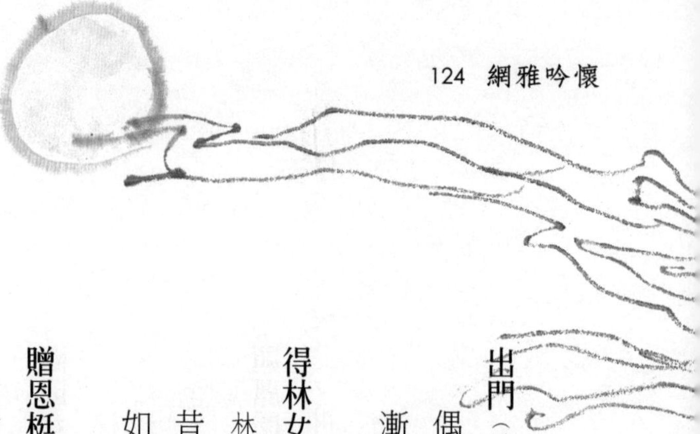

出門（二〇〇〇）

偶出家門日正隆，伊人不見但清風。
漸行漸遠樓梯響，一片馨香小閣中。

得林女史婚後書故作之（二〇〇〇）

林氏適溫。

昔日含苞林木下，一朝開放在人家。
如今當更添風韻，溫室由來養好花。

贈恩梃學姊（二〇〇一）

韓人，將至廣州習粵語。

負笈高麗客，來遊木鐸宮。
將行七鯤外，欲入五羊中。
要服通文化，輶軒採土風。
珠江明夜月，當與淡河同。

得噫詩社諸友詩，彷彿於新曆歲暮至淡江，吾遙想其景，未稽於實（二〇〇二）

歲暮江樓望海天，淡河淬日散紅煙。
金光百萬暫凝斂，明鏡當空照窗前。

日晡（二〇〇二）

午後乘車返家，思作〈白海棠詩〉，憶及長吉「小白長紅越女腮」句，欲以擬之，甚倦，乍夢乍醒。一女史登車，烏髮玉肌，倚吾前座。溫香滿鼻，不能自已，故作之。

日晡車搖停復開，曚曨倦眼玉人來。
烏雲彷彿座前隱，唯有溫香入夢裁。

贈知灝（二〇〇三）

嘉南平野挺英秀，砥礪葩經傳德功。
新曆新春賀新壽，永如清渠沃黌宮。

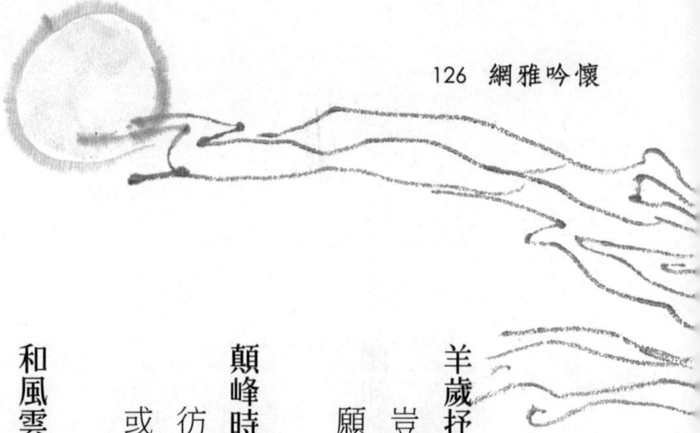

羊歲抒懷（二〇〇三）

豈攀驥尾為頭角，亦歷冬霜今始來。
願以吾身貫吾道，天光朗朗百花開。

顛峰時間乘捷運觀髮（二〇〇三）

彷彿尋幽萬壑中，湍流飛瀑不相同。
或登絕嶺觀雲海，頗染朝霞與晚紅。

和風雲詞長夏日雜詩四（二〇〇三）

除危度險乃真才，豈怨天心著意裁。
且看英雄搏風日，何人爛醉討新杯。

天高（二〇〇三）

天高雲薄近秋節，熒惑今宵親太陰。
不忍千年斑剝面，欲將微火暖寒心。

和風雲桂林行前隨筆（二〇〇四）

新篇乍見亦神遊，瑤族山歌侗寨樓。
頗惜君歸吾未往，他鄉酬答更消愁。

觀依純依倩於振興醫院護理之家院中學鳥鳴（二〇〇五）

輕啟門扉入後庭，四圍院樹草青青。
林禽相和不來見，仰首呀呀學鳥鳴。

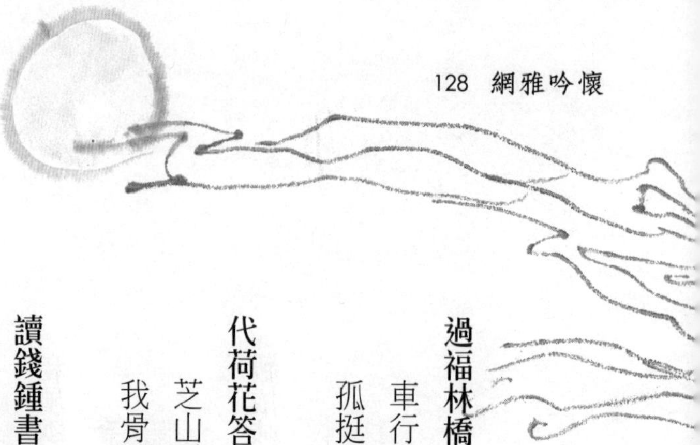

過福林橋（二〇〇五）

車行橋上憶生涯，故舊園林菡萏花。
孤挺幽姿香自遠，不知今日在誰家。

代荷花答（二〇〇五）

芝山靈蘊自無涯，遠播清芳豈獨花。
我骨堅貞葉舒放，不隨流水到人家。

讀錢鍾書贈絳有感（二〇〇六）

竟日殷勤灶下忙，鮮蔬瘦肉與清湯。
同君飽食談天地，自是仙人不老方。

高跟鞋（二〇〇六）

李德儒詞長出首句

天之驕女每鍾情，搖曳春風伴響聲。
頗恨無人呈後主，千年閨秀自由行。

記者（二〇〇六）

自命懲奸持筆劍，囂囂多是一心猜。
當傳實語存仁道，厚俗敦風民智開。

巫山一段雲　小魔女 Do Re Mi（一九九四）

神女傷離恨，群蛙夜泣空，音符聲響啟玄宮，飛羽月朦朧。
化怨傳純愛，仙花寶象功，一園飛鳥繞青紅，何處不春風。

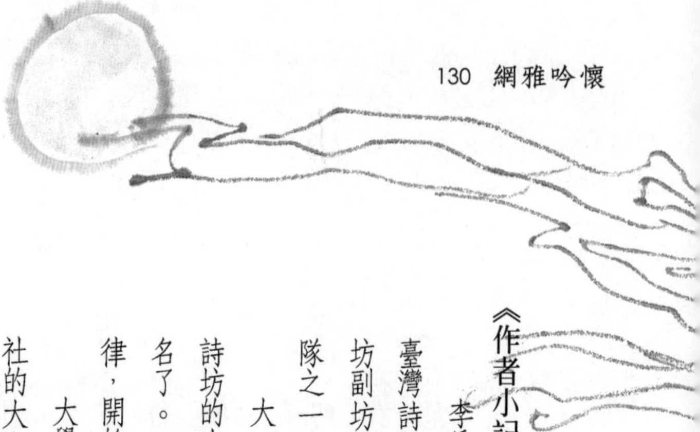

《作者小記》

李岳儒，暱稱儒儒，西元一九七四年生於臺北，現為國立臺灣詩範大學國文研究所博士班研究生。曾任政大中文十九詩坊副坊主、興觀網路詩會召集人，為網路古典詩詞雅集管理團隊之一。

大一上某次英文課，班上傳一張紙條，寫著要參加政大十九詩坊的人便簽名，我看到上面只有一個人的名字，於是便跟著簽名了。此後，我便在創社學長的帶領之下，了解了古典詩的格律，開始創作古典詩。也和一些同學，在詩坊中待了四年。

大學畢業後，考上臺師大國文所碩士班。由於久仰南廬吟社的大名，因此便跑去加入，而認識了李啟嘉（藏舍）等人，並有幸能讓陳文華老師對我的作品加以指正。藉由社團的課程，我對古典詩及格律有更深一層的認識。

同時，研究所的同學們也組成噫詩社，每週聚會一次，討論古典詩與現代詩，並一起報名參加大專聯吟創作比賽，舉辦發表會。

當時網路已經興起，南廬吟社也在師大精靈之城BBS建版，除了南廬的社友外，李知灝（壯齋）也常來發表作品。藏舍要畢業時，覺得一群喜好寫詩的人就此散離，甚為可惜，於是召集南廬BBS以及大專聯吟認識的人，創建了興觀網路詩社，我也因此認識各校對古典詩有興趣的人。

也因為藏舍的原因，我才會知道網路上古典詩創作的網站，並在古典詩詞網站聯盟發表詩作。網路古典詩詞雅集建立，最初設有「興觀網路詩會」一版，於是我便在網路古典詩詞雅集發表作品，後來並加入管理團隊。

經由雅集創版網管的介紹，我得以拜見張夢機老師，並跟著其他的網管，一起向張老師請益，也學了不少寫詩的方法。

當初我會一直創作，可能是要抒發情感，古典詩雖然有格律的限制，對我來說，反而有一個依循的準則，不像現代詩一樣，自己寫出來的東西，到底算不算是詩，自己也沒有什麼把握。近來創作甚少，不像以前幾乎將詩當成日記，或許藉著這次的整理，可以找回以往創作的動力。

樂齋雜錄

樂樂為樂樂古樂，齋齋有齋齋心齋。

曾家麒

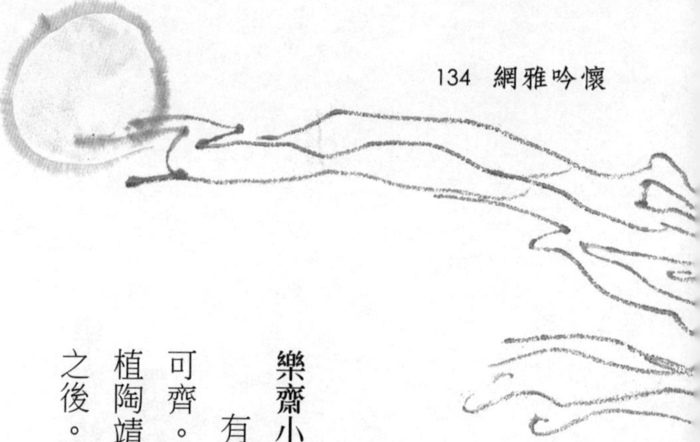

樂齋小記

有朋自遠，乃不知老之將至；無君於上，此所以物之可齊。席間忘蜀，濠上觀魚。東榮啟期之帶，曲肱而枕；植陶靖節之柳，簞食以飲。不曰先天下之先，且作後天下之後。孟子云：「王天下不與存焉。」

奶爸行

花月逢閏甲申歲，明珠驀地入掌中。
初見渾似獮猴樣，細看乃與仙子同。
髮稀雖無滿頭黑，膚白還襯兩頰紅。
得此佳人真我幸，況復未求夢羆熊。
人道弄瓦寢之地，此語何異金作銅。
生男縱得從吾姓，長成離家走西東。
生女便作他人婦，父母恆自勝姑翁。
挂印唯期千金笑，搖籃何慮五斗窮。
擠眉弄舞效玩偶，對兒漸覺心返童。
復因未諳為人父，夜裡恆自意忡忡。
蓋被時慮兒出汗，減衣又恐兒傷風。
每每驚起不成夢，聞得酣聲始慰衷。
從前不善盡子道，此刻方知親恩勝蒼穹。

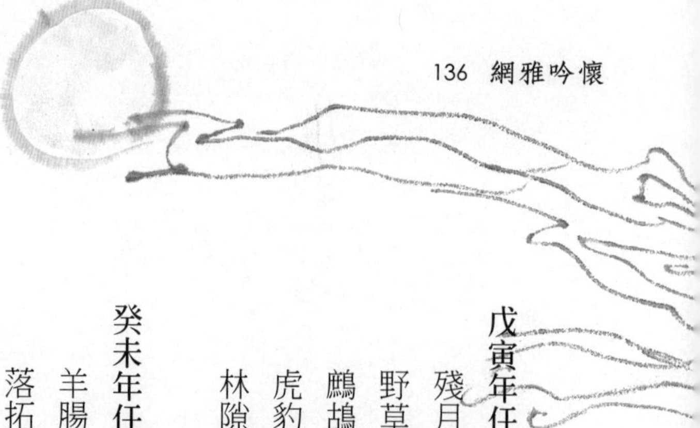

戊寅年任教於大園國中有感

殘月瘦崖步履難，夾道山石疑停棺。
野草攀足老苔竦，詭霧迷眼誤徑蟠。
鷓鴣聲枯猿逃死，鬱血棘刺鎖虯鸞。
虎豹露齒對人笑，鴟梟夜出噬腐肝。
林隙窺光覷我行，敢申傴僂仰長嘆。

癸未年任教於大溪國中有感

羊腸迂繞豈容車，幾何踉蹌載新書。
落拓終歲人漸老，朗嘯竟日意未舒。
亂石嶙峋靜猶動，隱然風雨涵太虛。
危崖聳峙明亦晦，奄若草木漫新居。
直上尚得見天色，自比樗櫟更不如。
且待整頓行舟去，溯流從此賦歸歟。

落榜賦並詩

序：辛丑至癸未年間，余數次報考中文研究所，而終不得意。甲申年初，以小女出生，遂息此念。

金榜未題，壯志難吐。笑白衣卿相，只應登樓作賦；共玄裳禽鳥，且去尋巷訪路。夕陽漸斜，年光空度；涼風乍起，芳華又誤。自放常誇散人，見棄毋庸明主。乏舟楫是依，溪澗縱淺難渡；無羽翼之佐，林野便荒是住。仲尼之跡息，蘇秦之舌去。固江淹之無才，豈孫山之能慕。

一時意氣，曾不見潛龍伏虎；幾載窮愁，竟空待飛鳥走兔。眾其熙熙，我何負負。羨魚敢以臨淵，盟鷗應自歸圃。歸則歸矣，其誰是顧？息志澄心，養真全素。朝臥雲之皚皚，夕漱石之固固。生公未至，頑其已悟；老子無言，道之如故。佯狂強笑，索詩搜句。抒余之悶，與物同處。嗟我之愚，唯詩是著。詩曰：

人微不耐事消磨，故志而念臏幾多？
挹酒只容持北斗，蒸粱那得夢南柯？
孫山無路難攀桂，顏巷有琴聊作歌。
堪慰育兒兒漸長，取湮當世又如何？

乙酉年新歲有感

奔波數載總成空，蕭瑟依然兩袖風。
舊志權充新志立，今年莫與去年同。

附：迎乙酉歲與友人賦

夫雞啼而破曉，猴去以經年。固時之當儆，實機之可先。聲既聞則起舞，志乃得而著鞭。夜間驚無謂之夢，窗下談可道之玄。孟嘗君用之得當，其禍可遷；紀渻子養以其法，厥德乃全。毋求金卵而肆其刀斧，須惜白日而聆其管絃。風雨亦長鳴不已，昧旦而獨醒於前。霸王其兆，祠陳寶而掌大權；雲霄有路，隨劉安以登重天。值新歲之祥瑞，迺將立於雞群而卓然。

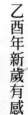

花蓮賦並詩

序：屈子曾歌山鬼，陳王乃賦洛神。以綺情始而歸以禮防，縱被微玷之譏，不辭閑情之筆。感前賢之意，擬其體而作。

居蓬萊之東側兮，若臥蠶之團團。臨滄海以險峻兮，其佳名曰迴瀾。
何武陵之釣叟兮，既忘路而盤桓。思踏浪而訪幽兮，聊假日以偷懽。
驚鴻飛之翩翩兮，晤娉婷於層巒。倚疏影而並駕兮，賞暗香以共餐。
初遶湖以緩步兮，復覽勝其遠翔。遇佳人其溯流兮，豈賦水之一方。
映澄碧與蔚藍兮，朗耀乎眩春陽。望嫻雅其清麗兮，迷離也疑仙鄉。
仰名山之聳峙兮，信奇景其中藏。沿險崖其驅馳兮，豪情孰與紅妝。
陶徵士之閑情兮，願為帶而束裳。元才子之離思兮，率援筆以成章。
雲虯縵而將歸兮，日攲斜其初涼。情綿邈其異志兮，心恍惚而狂痴。
翳流光之易逝兮，竟寂寞其誰知。撫松竹而長嘆兮，恨不逢於其時。
時逾恐其爛柯兮，終忍淚而解珮。縱清歌以舒嘯兮，謹儀節吾將退。

詩曰：

雁回疊嶂固其宜，況復臨流慚形穢。
山間明月屬閒人，大力潛負愚者昧。
行路遲遲猿鶴驚，此身非我竟何對。
偶過武陵逢桃源，霎時相會當無悔。
恁是別情尚依依，一笑復返紅塵內。

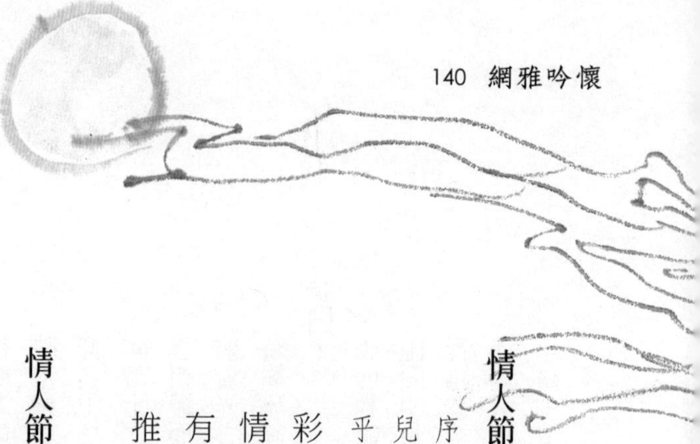

情人節雜詠　其一

序：少年心事，似近還遠；舊時情懷，欲覓已殘。乃悟世間兒女，縱誓地久，難當天長。今日之樂，未免他日之悲。惜乎其不知也，又何幸乎其不知也。旁觀其事，雜以成詠。

彩筆橫煙自畫眉，惜春開鏡照清姿。
情教空鎖還應恨，芳為誰憐未可期。
有意野蜂頻採蜜，無心庭樹尚連枝。
推窗試倩風傳語，莫誤容顏最好時。

情人節雜詠　其二

坐看雲端露月眉，花前猶不見幽姿。
應憐山伯樓台會，不誤尾生樑下期。
已倦殷殷望遠路，還宜默默數殘枝。
遲來赴約何須問，閨秀描妝自有時。

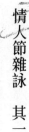

情人節雜詠　其三

湖漾清波映遠眉，風吹葉落影添姿。
從來莫逆皆知意，何必相逢更訂期。
雨罷還留花滿徑，雲開自賞鳥啼枝。
悠然回顧聲傳處，笑道君來正及時。

情人節雜詠　其四

憑窗莫更憶娥眉，無限江山幻淑姿。
遠水何曾離曲岸，繁星還與夢佳期。
才傷落葉霜侵樹，又見輕風翠點枝。
重想舊遊心始覺，元來思念已經時。

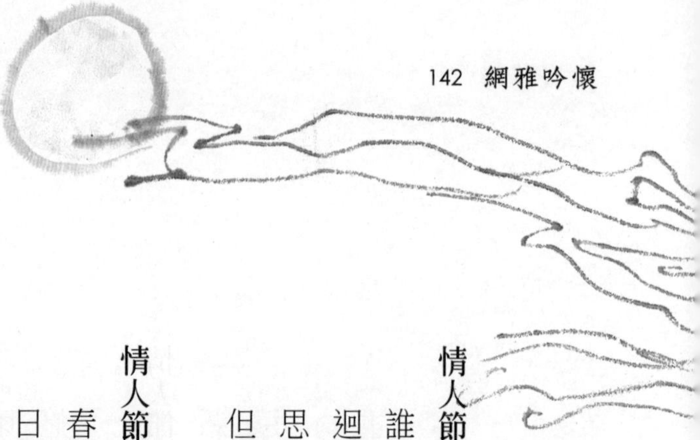

情人節雜詠　其五

誰云嫋娜柳如眉，孰與佳人絕世姿。
迴暖春隨絲履至，送香風與碧雲期。
思為倒影而依翠，願作柔波以潤枝。
但得常居西子側，也應星月不知時。

情人節雜詠　其六

春草彎成細細眉，野芳搖曳弄妍姿。
日長隨處從心賞，年少誰家攜手期。
或溯清溪逐落蕊，更遊香徑覓新枝。
愚頑獨我人應笑，自坐窗前憶舊時。

情人節雜詠　其七

心湖翻湧浪生眉，今夕無人更惜姿。
為使春花常帶笑，須教時雨莫違期。
蜂鬚可是尋他蕊？蛛網依然守此枝。
柳葉含愁清露結，晶瑩寒徹曙明時。

情人節雜詠　其八

雨靜遙看山憶眉，朝雲入畫寫仙姿。
無由執手偕君老，且待知音與子期。
過眼已成方外事，掛心常作向南枝。
從來笑語何曾忘，莫問相思復幾時。

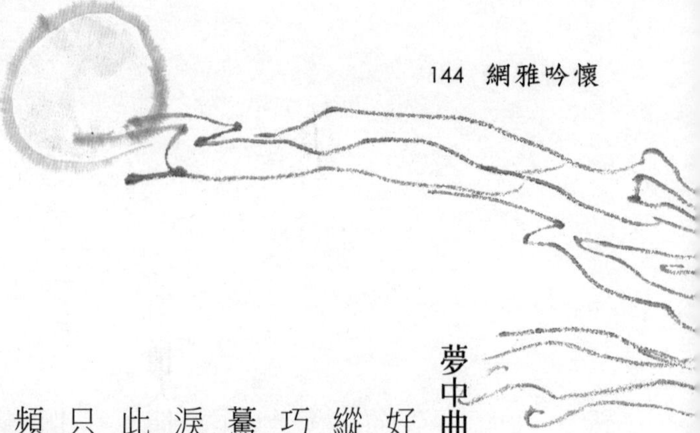

夢中曲

好夢由來不易醒，才覺又向夢中行。
縱令相望不相與，相思奈何心下情。
巧笑嫣然聲如在，曼歌悠然香漸萌。
驀地香斷情更杳，容顏依稀淚晶瑩。
淚晶瑩，夢凋零。
此際離別後，他日未分明。
只為片刻纏綿霎時語，無端落寞意難平。
頻憶娥眉終難再，愁懷千萬安能傾。
霧裡總貪花色好，亦真亦幻誤平生。
窗外寒雨敲枯葉，空對孤燈數寒更。

玉蝴蝶　某日記夢

夢斷幾回惆悵。萬般情味，只恁偷藏。
逝水如斯，堪換過往悲涼。
黯心曲，庭花零落；拋意緒，夜雨顛狂。
倚東窗，畫檐凝咽，淚灑千行。

茫茫。芳痕若在，玉容何處，但怨倉皇。
鎮斂眉峰，別懷催老鬢添霜。
忍回首，舊遊重想；蹔寂寞，各已雙雙。
竟難忘，此身成寄，且盡餘觴。

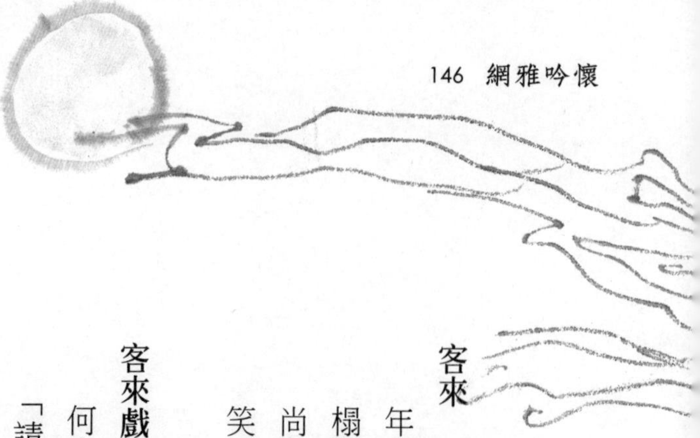

客來

年少驕矜長益狂，塵囂久避惡炎涼。
榻懸三尺門羅雀，石枕一身書滿床。
尚友古人交亦罕，慵清花徑掃應長。
笑吾愚鈍聞君至，跣足相迎倒著裳。

客來戲作

何人造訪待端詳，掩戶將回已未遑。
「請恕少停還有事。」「多留片刻亦無妨。」
推門逕自前廳坐，取酒不勞東道忙。
開口便云：「天既晚，擺開筵席我來嘗。」

看海

極目望千里，心隨滄海平。
昔懷銜石志，今結忘機盟。
日轂徒嗟逝，桑田豈見成。
茫茫歸造化，一粟納浮生。

香包

五月薰風至，辟邪香滿懷。
錦囊形各異，彩線色尤佳。
奇麗因工巧，輕柔與俗偕。
佩之非競豔，但以掃陰霾。

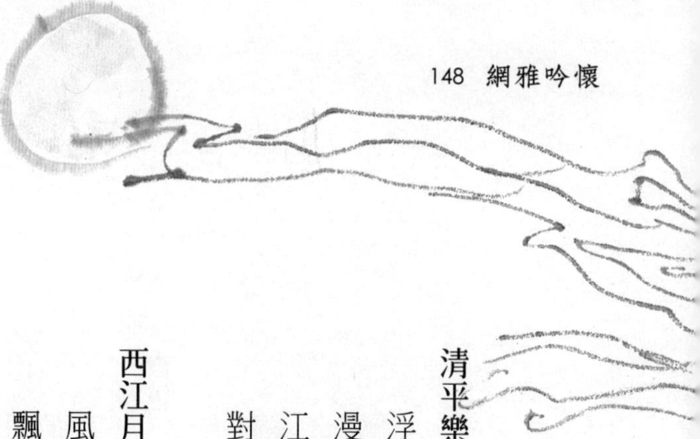

清平樂

浮雲天外，閑卻經營計。
漫飲一杯今古事，醉後更無悲喜。
江山幾度戎兵，斜陽曾照孤城。
對此徒增華髮，尊前且作無情。

西江月　某日病中作

風雨無心竟日，難任滿目蕭疏。
飄零我自賦歸歟，夢裡偏生來去。
欲逐枝頭啼鳥，惱伊聲喚孤孤。
落花昨夜曉晴初，一枕寒涼誰訴。

某日接電話有感

乍響春風至，鈴兒引思長。
忽如歸舊館，又共倚斜陽。
一句尋常事，三秋著意藏。
于今閑話處，猶帶雪梅香。

電影《明天過後》觀後感

序：此片虛擬廿一世紀因溫室效應而致天氣驟變，紐約為霜雪所覆，眾人避難至圖書館中，燒書以取暖。

百代疏離寒亦深，幾多溫暖待重尋。
當時異路非同志，此日一爐還共衾。
雖見風霜摧日色，卻憑冰雪照人心。
世間情意常教在，燒盡故書猶有今。

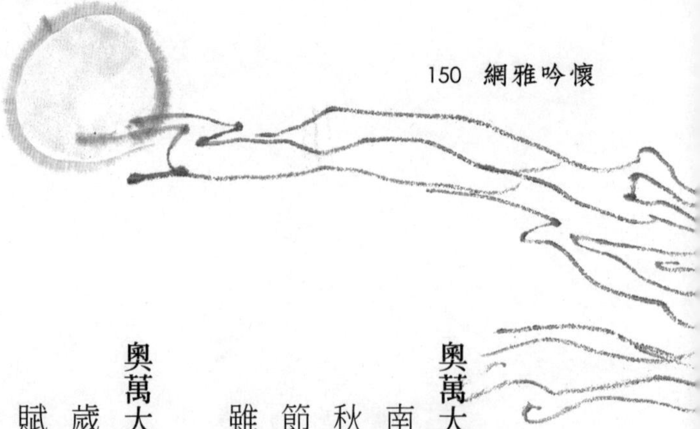

奧萬大憶遊　其一

南國常年暖，四時風物同。
秋來猶葉綠，冬至尚花紅。
節在荒郊外，景藏幽谷中。
雖無霜雪覆，但喜有丹楓。

奧萬大憶遊　其二

歲暮寒流至，始知山有楓。
賦遊人各異，踏景興還同。
天色南猶北，水聲西復東。
風來催葉落，疑是夕陽紅。

梁祝

序：梁祝化蝴，孰與莊周夢蝶？笑山伯必欲相守之非也，於是賦此以論其事。

數載同窗緣已足，樓台重會固當歸。

紅箋且自藏高閣，情至何須作蝶飛。

賣橙翁

序：報載某地有一老翁，其子因車禍致殘，媳婦去焉。以是之故，老翁日擔孫女至市上售橙。網友有詩詠其事，心有所感，乃次其韻代老翁賦。

識盡人情那解愁，奔波生計不違憂。

惟憐此果餘酸在，才剝橙皮已淚流。

悼南亞震災

序：西紀二〇〇四年十二月廿六日，印尼西部蘇門答臘島西岸外海發生地震，隨後引起海嘯，導致數十萬人死傷，數百萬人無家可歸。

而今勝境再難遊，椰樹長隨土石流。
慟有蛟龍興大水，嘆無諾亞造方舟。
地搖疑是千枚彈，海嘯望如百尺樓。
欲問蒼天天不應，人間苦難幾時休。

按：此作雖非佳構，畢竟為苦思所得，不意為網路上筆名「一新一中」之不肖人士冒名張貼，不能不為之憤慨也！因口占一絕以贈盜貼者：

得君知賞自歡愉，惟有一言望爾圖：
拙作終歸非字帖，何勞苦苦事臨摹。

《詩人小記》

曾家麒，自號樂齋，臺南人。生於西元一九七四年。國立臺灣師範大學國文教學碩士，現為中壢高商國文教師。耽詩詞，能辭賦，尤喜駢文。所著碩士論文近十萬字，多以駢偶句式行之。自兒女相繼出生，古典詩文漸少，而代以童話創作。古典詩歌曾獲九三年教育部文藝創作古典詩詞類首獎、優秀青年詩人獎、南瀛文學獎、玉山文學獎、長干文學獎、全國大專聯吟、東吳大學全球徵聯佳作等；散文曾獲第一屆國文老師文藝創作獎、青年日報全國徵文、創造力教育案例故事徵文、桃園縣生涯輔導作文比賽、一書一桃園閱讀心得徵文等；兒童文學曾獲吳濁流文藝獎、桃園兒童文學童話類及小說類獎項等。

生遊於臺灣師範大學國文系潘麗珠教授門下，習讀誦吟唱之法，曾獲桃園縣語文競賽朗讀類中學教師組第一名、全國語文競賽朗讀類中學教師組第四名等。近年從張穆希老師

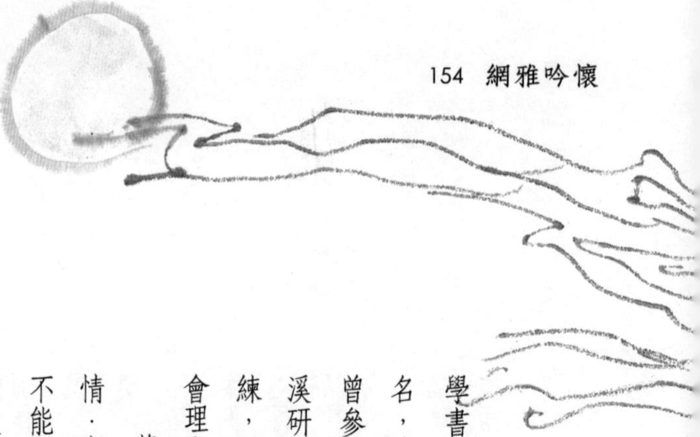

學書，未及一載即獲桃園縣語文競賽寫字類中學教師組第二名，次年奪冠，並獲桃園縣全國春聯比賽、扶輪盃等獎項，曾參加「造化意象——穆然書會聯展」。武術則師事武壇大溪研究室盧長貴老師，習藝十餘載，現為太極拳國家級教練，歷任銘傳大學武研社社團指導老師、太極拳直屬第一支會理事等。

著有《莊子樂論之系統研究》（碩士論文）、《創意．熱情．實踐：創造力教育案例故事》（多人合著）、《基測作文不能犯的五十個錯誤》（多人合著）等書；童話〈一個泡沫的故事〉入選九歌《九四年度童話選》；指導並參與錄製《大溪鎮中華文化薪傳讀經專輯》等。

白雲齋詩稿

莫道螢光小，猶懷照夜心。

風雲

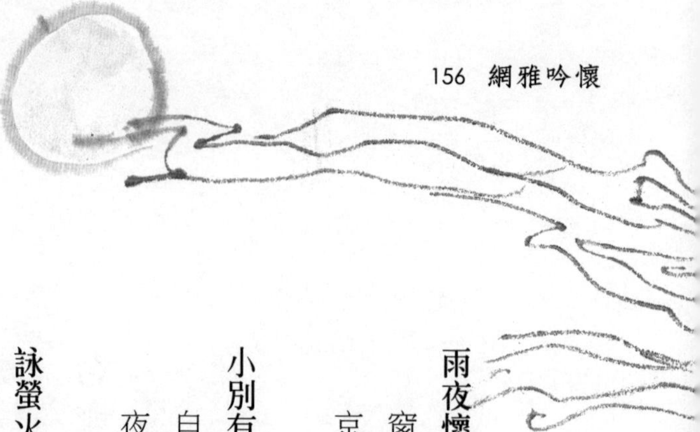

雨夜懷人（二〇〇六）

窗外雨瀟瀟，寒風似浪潮。
京城歸路上，可濕紫羅綃？

小別有寄（二〇〇六）

自別紅顏後，三朝抵月年。
夜深人不寐，簾外一星懸。

詠螢火蟲（二〇〇六）

孤懷託松柏，明滅自愔愔。
莫道螢光小，猶懷照夜心。

伊人傷心有寄（二〇〇六）

美人何事蹙蛾眉？視若明珠卿莫疑。
嗟我天生言語拙，惟將情思吐成詩。

淡水捷運站偶作（二〇〇六）

思如細雨亂紛紛，飄落淡江興水紋。
隔岸青山解人意，亦延薄霧作氤氳。

慰伊人（二〇〇六）

風雲多變原難測，朝露人生不可猜。
惟效莊周豁胸臆，莫教明鏡惹塵埃。

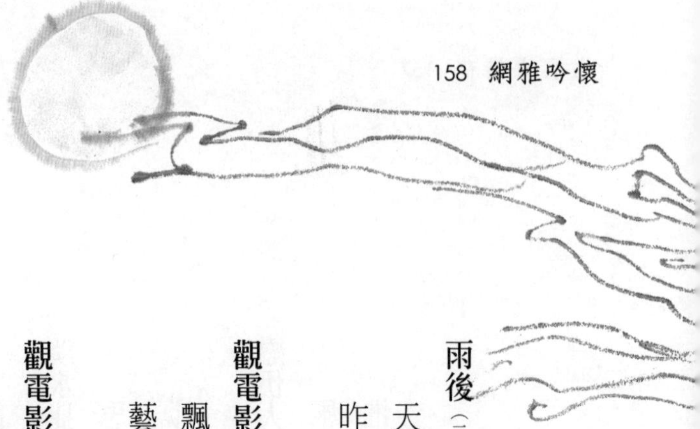

雨後（二〇〇六）

天霽獨行過野村，翩翩社燕偶寒暄。
昨宵縱有風雷作，碧水終無一點痕。

觀電影「藝伎回憶錄」有感（二〇〇六）

飄搖不定陌間塵，輾轉名流夕復晨。
藝伎生涯如枕夢，堪憐帶淚一枝春。

觀電影「霍元甲」有感而作（二〇〇六）

天滋萬物無高下，何必營營魁首名？
山氣盈懷有真意，且聽流水說分明。

購書乏錢有感（二〇〇六）

琳琅典籍漫相連，招我淹留細細研。
斟酌百回刪不盡，囊中總缺買書錢。

穀雨後見所植之蘭初長花苞（二〇〇六）

天生玉骨比西施，不與群芳競展姿。
為報東君憐惜意，悄然相許在來期。

後記：這盆蘭花去年沒開花，今年春天將過，以為今年也不會開花了，近日忽然看到它長出花苞，令我十分驚喜！

採桑葚（二〇〇六）

紫紅小果滿柔枝，正是騷人採擷時。
三徑情懷同五柳，清風拂面惜相知。

後記：母親於住家附近種了一株桑葚，結實累累，要我幫忙採收，頗覺有趣。

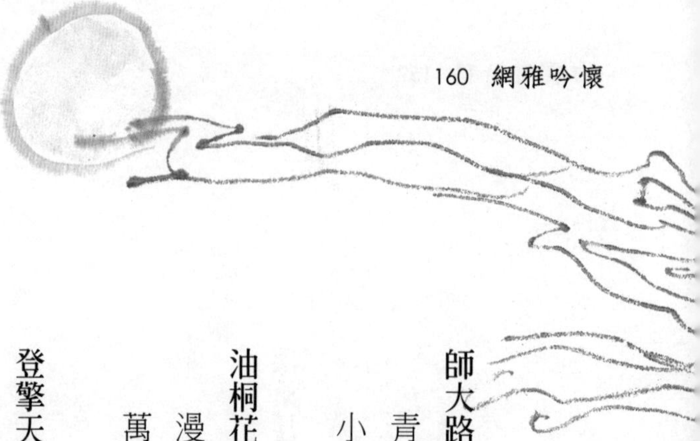

師大路送別（二〇〇六）

青燈幾盞映紅樓，夜近三更冷似秋。
小巷人歸高閣後，一城煙雨帶春愁。

油桐花步道口占（二〇〇六）

漫沿小徑入幽林，佇看油桐養素心。
萬事都隨花落去，靜聽山鳥囀清音。

登擎天崗（二〇〇六）

山崗曠遠豁吟眸，春草離離翠欲流。
廓落襟懷接天地，紅塵順逆一時休。

讀沈園二首感賦用放翁韻（二〇〇六）

其一

水阻藍橋夢亦哀，一花一柳憶春台。
憑詩想見銷魂色，噙淚園中去復來。

其二

一入沈園思昔年，臨橋依舊恨綿綿。
丁香百結倩誰解？獨對清波徒惘然。

夜思（二〇〇六）

風前獨立袂翻飛，遙望街中燈影微。
欲把相思寄明月，清光流蕩照君歸。

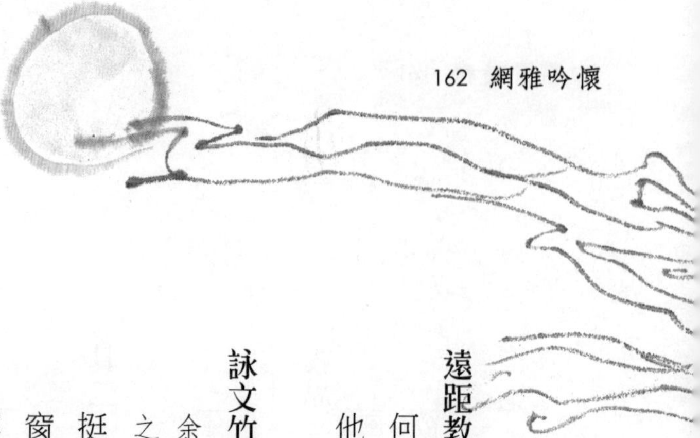

遠距教學後戲題絕句（二〇〇六）

何須負笈越千山，斗室沉吟典籍間。
他日光纖滿絲路，春風可度玉門關。

詠文竹並序（二〇〇六）

余無地種竹，乃植文竹一盆，小巧玲瓏，可堪把玩，雖無竹之高大，然有竹之風雅，堪解無竹之憾也。

挺立小樓東，迎曦沐暖風。
窗邊影疏淺，盆裡碧玲瓏。
非竹亦懷節，養心焉屈躬？
新芽抽地起，高志向蒼穹。

遊基隆忘憂谷（二〇〇六）

地僻少人行，幽蹊春草生。
紅花開復落，粉蝶去還迎。
尋徑登峰頂，臨風聽海聲。
飄然意高舉，塵土等浮名。

經魚路古道見二空石屋有作（二〇〇六）

深山杳人跡，魚路著苔痕。
草蔓殘簷上，蟲鳴老樹根。
黃花綻無主，青竹立迎暾。
百載須臾逝，興衰誰共論？

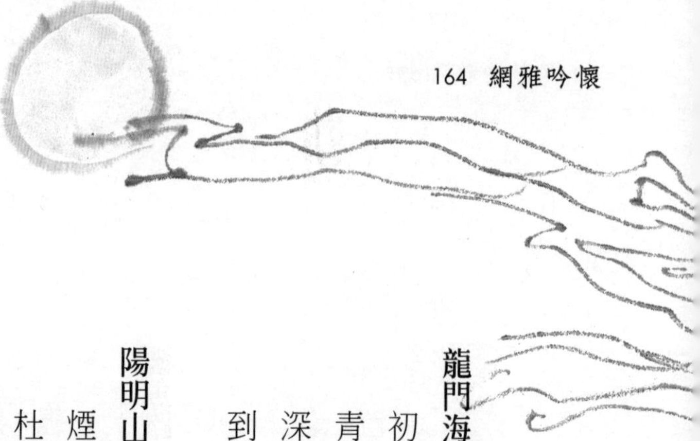

龍門海濱公園騎自行車有作（二〇〇六）

初春天氣冷還溫，輕騎迎風一路奔。
青髮飛揚神亦動，雪濤翻捲韻長存。
深情花蝶舞身側，愜意林禽鳴海垠。
到此塵囂都遁去，雙車相逐過龍門。

陽明山賞花（二〇〇六）

煙雨迷濛小徑幽，塵寰暫避此勾留。
杜鵑嬌艷隨風舞，櫻樹繽紛入眼收。
幾縷山嵐偶縈岫，滿園花色正銷愁。
平生難得清閒日，忻出樊籠不羨侯。

於清境農場見梅花一株立於山巔因以賦之（二〇〇六）

為避紅塵立僻巒，嶙峋瘦骨抗霜寒。
冰綃一襲白於雪，香氣半絲幽比蘭。
飄逸閒雲日相訪，翩然野鶴偶同歡。
孤芳自有靈均志，豈肯飄零入濁湍？

回鄉感懷（二〇〇六）

久離梓里為謀糧，驚見椿萱鬢染霜。
昔日田疇成廣廈，今時店肆爍金光。
漫聽左右鄰人事，聊說詩書錦繡章。
顏尚朱紅心已老，沉吟月下感滄桑。

後記：久未回鄉，以前的甘蔗田竟有一大片建成了住宅區，又聽聞年紀與我相仿的對面鄰居女孩跳樓身亡，不禁令人感慨萬千。

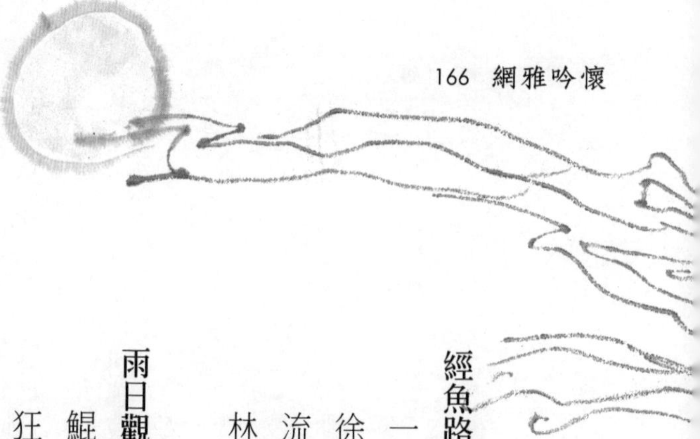

經魚路古道（二〇〇六）

一入荒途別有天，青蔥古木自連綿。
徐行偶看苔痕綠，小憩時聽鳥囀妍。
流水真堪滌塵慮，浮雲當合作詩箋。
林間領略東山趣，瀑態花姿正萬千。

雨日觀潮（二〇〇六）

鯤攪滄溟起巨濤，騰驤萬馬氣雄豪。
狂潮千里拍天響，淒雨一時如鬼嘈。
遙想錢塘江水勢，復思太白筆端毫。
岩前小立生奇志，欲釣蓬萊島下鼇。

後記：遊野柳當天恰巧下雨，潮水澎湃，氣勢驚人。

雨日登石門水庫嵩臺遠眺（二〇〇六）

石門芳草潤，大壩隔紅塵。
碧綠潭中水，悠閒臺上人。
憑欄望遠岫，擎繖對昏旻。
滂滂東雲至，瀟瀟斜雨陳。
須臾起山霧，浩淼漫天垠。
開合姿多變，乾坤意自伸。
臨風納靈氣，放眼不勝春。

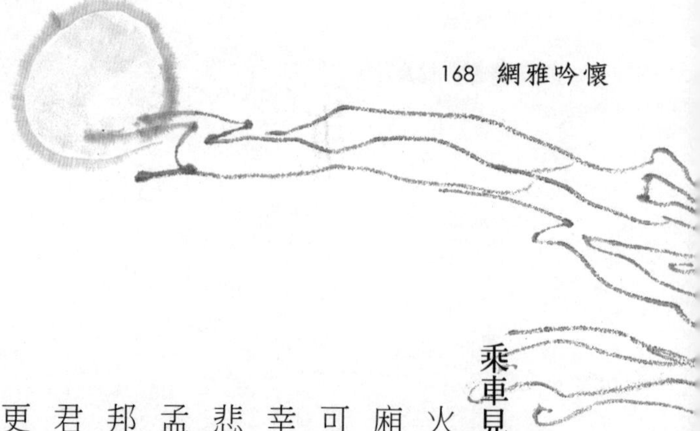

乘車見禮儀不存有感而發（二〇〇六）

火車千里入站來，人群洶湧待門開。
廂中旅客猶未下，車外行人競前推。
可憐孱弱一老婦，迫退踉蹌如幼孩。
幸有善士扶之走，方免瘦骨承此摧。
悲哉禮儀不復古，只避車中站立苦。
孟云惻隱皆有之，奈何今人心已腐。
邦亂由微見其大，豺狼橫路豈須驚？
君不見盜賊殺人眼不眨，血事朝朝見螢屏。
更有相逢未相識，突遭刀剮鼎鑊烹。
鬱鬱壘塊梗胸臆，瀟瀟風雨籠蓬瀛。
勸君日飲千杯酒，莫作人間獨醒生。

後記：余平日往來於台北桃園間，常見旅客上車時爭先恐後，禮儀蕩然無存，國家之亂象由此可見，實令人痛心。

獲教育部文藝創作獎古典詩詞特優有感（二〇〇六）

七載學詩法，今時欣小成。
百回思警句，敲字到深更。
每攬前賢集，猶興浩嘆情。
著鞭追杜老，迢遞萬山行。

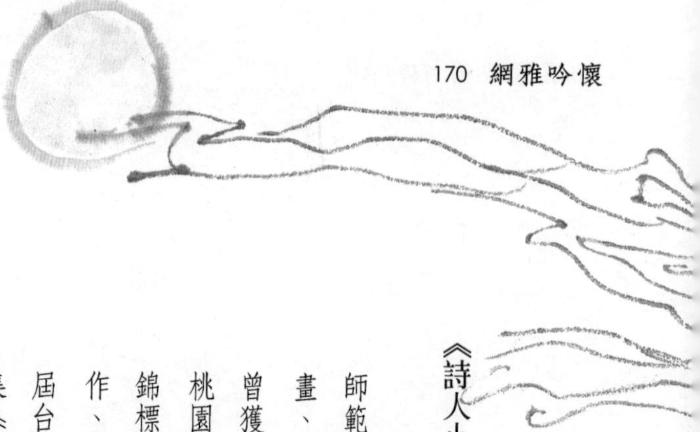

《詩人小記》

吳俊男，筆名風雲，民國六十六年出生，高雄人，新竹師範學院初等教育學系畢業，喜好詩詞創作、吉他彈唱、國畫、攝影、古箏、太極拳、羽球、看海、看電影、聽音樂，曾獲九一年教育部九二一地震三週年短文徵集社會組優選、桃園縣九十四年度麻辣鮮師、桃園縣九十四年議長盃太極拳錦標賽推手組羽量級第二名、第四屆乾坤詩獎古典詩組佳作、九十五年教育部文藝創作獎教師組古典詩詞特優、第九屆台北文學獎社會組古典詩佳作，與詩友合著有古典詩詞合集《網川漱玉》一書，平日作品發表於「網路古典詩詞雅集」與《乾坤詩刊》，現任桃園縣八德市大忠國小教師，課餘之暇擔任「網路古典詩詞雅集」版主，致力於古典詩詞之推廣。

創作理念：

「詩言志，歌永言。」是以在心為志，發言為詩。人稟七情，應物斯感；感物吟志，莫非自然。余作詩之道，力求避免矯情、無病呻吟，以之抒發性靈，然不排斥用典。詩貴委婉、含蓄，祈能達到言雖盡而韻無窮。又古今時空雖異，詩心不變，古人寫當時事物，今人作詩亦當寫入現代事物，所作雖恐未及前賢，然皆本真情而作，亦應無愧於前賢矣！白雲齋乃余之書齋名，故此集取名為《白雲齋詩稿》。

壯齋詩草

波心自有潛鱗動，莫怪長篙擾月圓。

李知灝

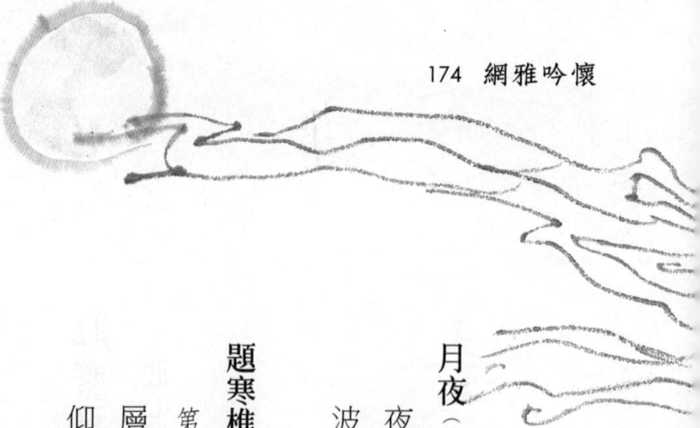

月夜（二〇〇七）

夜靜臨湖興未眠，遙聞漁唱意纏綿。
波心自有潛鱗動，莫怪長篙擾月圓。

題寒樵圖

第十六屆全國大專青年聯吟大會絕句組第一名

層山雲隱雁聲迴，空響寒泉浣碧苔。
仰望虬松樵獨嘆，只堪圖畫不堪裁。

無題

莫怨光明擾宿禽，誰臨湖月不沾金。
龍蛟遠匿風雲散，葉落平波又點心。

對鏡

額角崢嶸頂有光，無風自爽映斜陽。
想應禪境時新悟，煩惱三千次第亡。

晝寢夢與仙唱和得一佳句醒而不復記

遙步雲端奏雅音，迷濛唱和沁凡心。
惜將仙句留幽夢，無福不堪塵世吟。

十一月二日園中葬蝶

豪華春已盡，空蕩朔風喧。
精魄翻飛去，餘香葬我園。

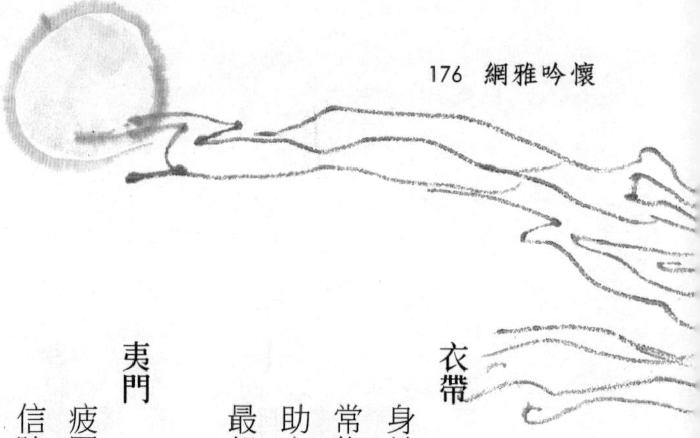

衣帶

身曾鑲玉瞞曹眼，為見忠臣抱詔情。
常物雖微書未缺，日功每必算難清。
助衣彩服圍中束，伴舞纖腰掌上輕。
最怨多騷憔悴客，株連尺帛共愁名。

夷門

疲國懼秦威，兵逃將欲飛。
信陵虛席待，門吏左車歸。
梁鄴遙謀計，邯鄲立解圍。
微軀酬意氣，千古義名巍。

中正大學見美人花開

繽紛夾道美人花，繁盛坡間遠野遮。
不覺駐停沾豔色，惹來蜂蝶誤隨車。

誤作

「中正大學見美人樹花開」一作，原誤信標示牌而作「欖仁樹」。經望月詞長指正複查為美人樹，因以作詩。

詩記良辰欲佐觴，花邊誤信字三行。
空疑可是踰淮枳，原把芳名李戴張。

入伍清理火砲偶感（二〇〇六）

堅挺昂然姿態英，時勤養護器猶精。
莫嫌蛛網除難盡，應慶長年盡太平。

入市（二〇〇七）

時蔬賤市目疑真，緣是霆傷復染塵。
稼短莫嫌甘味淺，世間猶有未甘人。

秋熟（二〇〇六）

震天嘲雜亦奇觀，群雀伺機行電竿。
疑是市倉盈外粟，老農蔭憩意闌珊。

五四感懷

光陰豈料逝如江，開化文明難再雙。
德賽今朝成半調，此生幸在自由邦。

觀舊新文學論戰史料有感

廿紀一戰終，和平歲歲豐。
文明開化論，舉世皆相同。
時有幾年少，遠遊至西東。
雖識現代化，其實亦懵懵。
論舊皆八股，維新方潮流。
詩書都可廢，詩伯盡賊偷。
擊缽如廟會，革命之寇仇。
白話自然美，毋須別外求。
竊思白戰場，繁盛必參差。
才氣天地予，修養亦難資。
非是漢學誤，何必費鞭笞。
今君若在世，定為後生悲。
君不見二手書肆裡，層疊似書墳。
豈是舊典籍，俱為拼貼文。
價比白紙俗，售值惟論斤。
他朝寒凍甚，權作薪柴焚。

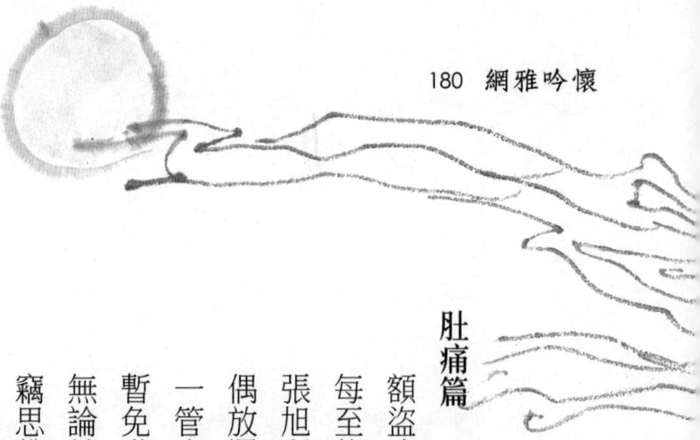

肚痛篇

額盜冷汗指若霜，坐立難安人欲狂。
每至傍晚苦腹脹，似應時氣沖陰陽。
張旭所書皆無用，徒賞龍飛狂草翔。
偶放濁氣驚貓犬，忽出飽嗝勝蛙吭。
一管光纖身裡探，醫者云是胃潰瘍。
暫免動刀先服藥，靜養方可復平常。
無論茶酒咖啡皆禁口，神農當年以之洗胃腸。
竊思佛印隔江放，縱是蘇子亦難當。
雖常氣滯腹難耐，然君且慢為我傷。
君不聞，一屁若掃魑魅魍魎諸鬼妖氛還清世，區區騷客肚痛又何妨。

東洲吟

廣東汕尾東洲村，百十住民枉斷魂。只嘆省縣遮天手，死難見屍口難言。港媒報，眾驚喧，舉世皆知國人渾。錢如父，民如豚，禮義廉恥蕩無存。緣起豪強築電廠，上下打點多後門。財寶靈通同今古，一朝公文出重閽。剋日遷村毋庸議，迅如驚雷水覆盆。可憐數千世居眾，循序作息情素敦。聞令徬徨無所措，土著豈能棄故園。多方陳情石入海，還忖應有國民尊。豈知有眾洶洶至，手執鎗械披常褌。逢人立斃無情面，管他爺娘還兒孫。莫道土匪從天降，個個軍警虎狼蹲。殺人滅屍豈眨眼，復將餘生陷籠樊。若非親友急尋訪，恐成懸疑萬載冤。一報世人開眼界，原來人命不足論。本乏自由豈民主，法治更如招魂旛。勸君今起書莫讀，盡拋仁愛效猴猿。君不見強者擄掠皆無事，弱者宰割入九原。明日邀眾劫天下，放眼盡是東洲村。

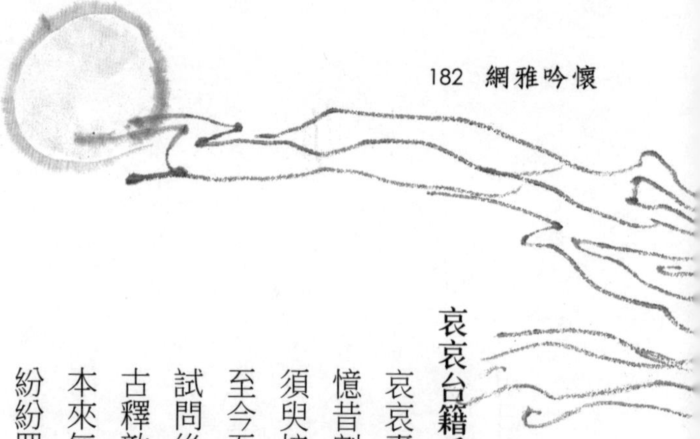

哀哀台籍兵

哀哀臺籍兵，死猶陷論爭。神主非本姓，祭難享豆羹。
憶昔割臺島，生是日本氓。不識牡丹色，惟見春飛櫻。
須臾接軍令，剋日南洋征。無奈歿異域，神社留微名。
至今五十載，河海竟未清。區區牢騷客，為伊訴不平。
試問後來者，何德詆先英？彼時各為主，舉措皆摯誠。
古釋敵將縛，方可得民情。恣意嗤人祖，豈復是弟兄？
本來無一物，庸人塗牆楹。生者自尋惱，往者默無聲。
紛紛眾喧鬧，殤魂更零丁。何日返故院，哀哀臺籍兵。

記者嘆

本是無行客，自稱無冕王。凶惡傳千里，佳善隱微揚。
或有中學畢，買照偽留洋。姐妹皆如此，企望釣富商。
或有姦夫婦，行止亦荒唐。名傾言不順，致使五倫傷。
斯輩多若此，訛詐視尋常。繼以言權握，姿態更乖張。
採訪恣穿戶，探私壞街坊。生吞復活剝，渾如嗜血狼。
莫釋杞人憂，惟欲逼人狂。未益公眾智，徒使民心惶。
寡情惟勢利，笑貧不笑娼。一朝事事少，捏造又何妨。
豈能裨教化，將使德行藏。今雖未能治，有事記莫忘。
除非齊天聖，誰人無爺娘。誰人不病老，誰人不喪亡。
缺德折陽壽，業多累冥皇。為開十九獄，記者列成行。

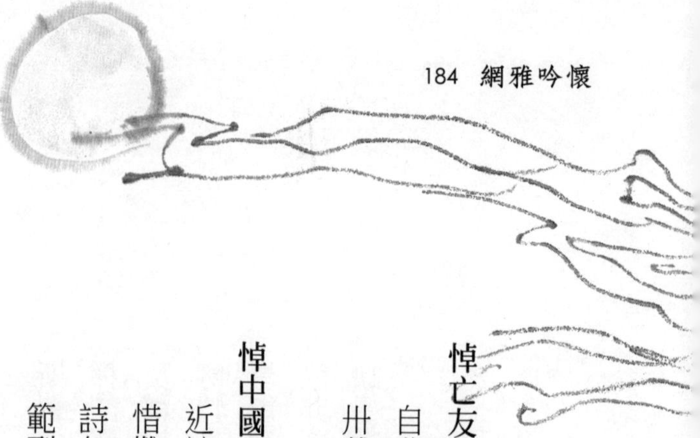

悼亡友黃宜君

自悲無力鎖清秋，致使人間增悼愁。
卅載流離猶水月，徒留諸友憶明眸。

悼中國哀駘它詞長（二〇〇六）

近詫音書久未聞，豈期鴻雁已離群。
惜難從議人間語，嗟早詔修天上文。
詩句精醇何改易，識才淵博費耕耘。
範型應有豐碑勒，功化還贏百轉勳。

弔鄭南榕（二〇〇七）

莫言鐵幕似嚴霜，窺伺群倀為虎狼。
人世已成鉗舌獄，身投烈焰亦清涼。

憶幼時二首

禁說台語否則罰款（二〇〇六）

忽憶童時幸有今，忍將泉布罰青襟。
偶聞鄉語頻窺伺，卻說吳儂是故音。

參加愛國海報競賽（二〇〇七）

烈焰積骸生筆毫，修羅煉獄品評高。
兒童未解其中意，人面蛇身競寫毛。

借書

與觀網路詩會課題

師友奇書滿閣間，愛難釋手勝詩刪。
笑援劉備荊州例，待取漢中方汝還。

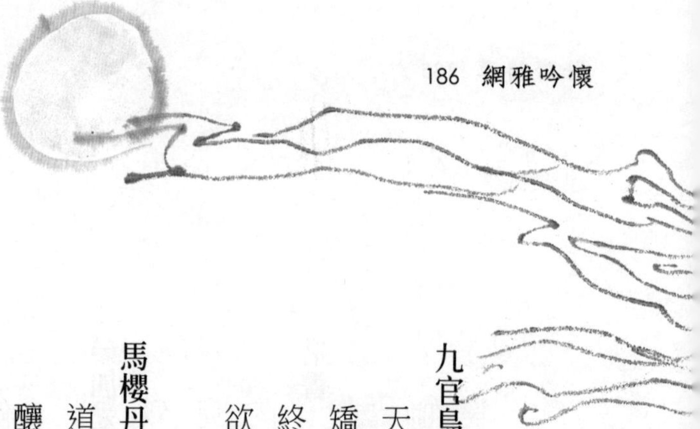

九官鳥（二〇〇七）

天地恣飛翻，巧聲萬籟喧。
矯稱施教化，相誘陷籠樊。
終日故鄉憶，於今何處奔。
欲歸群不受，伊口只人言。

馬櫻丹（二〇〇七）

道旁多豔卉，曾歷海波翻。
釀蜜荷蘭植，開枝異域繁。
朝陽爭錦簇，落地即盤根。
悅目繽紛蕊，何人執祖源。

黃金葛（二〇〇六）

節節非君子，枝枝落地生。
心柔猶奮發，身伏久耘耕。
杓水而堪養，遮陰亦足營。
綿延千尺盛，何學剎時英。

觀「電車男」有感

諸朋一線牽，萬里助奇緣。
真性鍵盤上，赤誠螢幕前。
言情同喜樂，聞語共纏綿。
懦立無求報，群功勝魯連。

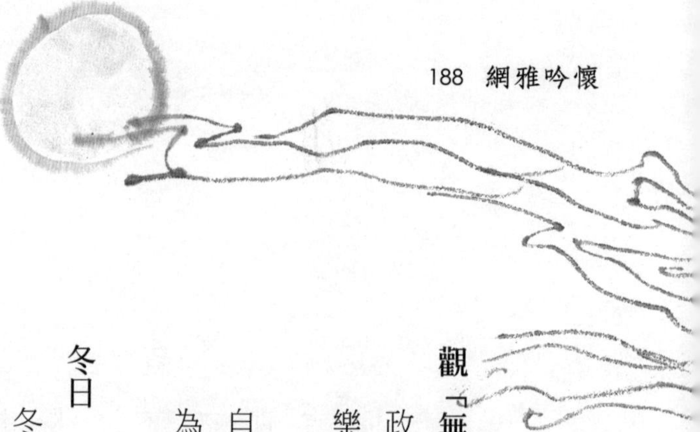

觀「無米樂」有感

政策由來皆謹從，休耕補助度殘冬。
樂吟無米煙光裡，心闊誰人比老農。
自忖將同舊識逢，昂揚謝幕豈龍鍾。
為留蹤跡供憑弔，舉筆聊題末代農。

冬日

冬無飛雪亦無風，日煖寒衣浹背烘。
莫笑汗如驚顫出，只因壯志熱腸衷。

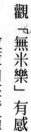

溫室危機（二〇〇七）

一晌貪涼暑氣排，幾同焚屋復添柴。
電需更劇渦輪轉，利逐平添煙突霾。
科學無能新器用，強邦爭礦棄仁諧。
般般蠻觸將何益，應識環球終有涯。

以黎戰事偶感（二〇〇六）

驅虎吞狼計半成，徒將黎眾陷戎兵。
輕心滿許連城捷，黷武誰憐失怙嬰。
隔岸空言公義在，到頭還為石油爭。
今朝用電須思省，每度能源皆帶猩。

諸羅三首

余本諸羅人，豈能不知諸羅事。清乾隆朝，林爽文發難，九州震動。集五省精兵，令福康安危總帥，始得弭平。時總兵柴大紀及諸羅義民困城據守，義勇可嘉，後改諸羅為嘉義。奈柴功高，為福讒死。後乾隆為福立碑十座。渡海時，一贔屭竟躍海不見。蓋天亦指其瑕，不得全功也。因而作詩三首紀之。

諷福康安

上逞天恩下鎮邊，海疆平變立軍前。
只因勢利讒忠義，無怪功碑不十全。

詠林爽文

地陷東南海不平，一朝起事九州傾。
奇雄難敵狻猊爪，只嘆天心尚屬清。

嘆柴大紀

義守諸羅敵屢窺，生無援手死無碑。
從來良將天恩薄，宋岳明袁萬古悲。

諸羅詠史

平野一孤城，重圍萬里兵。
絕援愁滿腹，無酒悵盈觥。
火銃交飛羽，金槍疊折旌。
將軍功烜赫，難見凱旋笙。

時事感懷

山中無猛虎，皆匿市閭間。
攔路餐常飽，招倀性愈頑。
刑枷難久縛，牢檻可輕還。
飛將今何處，民生日困艱。

《詩人小記》

李知灝，筆名壯齋，一九七八年生於嘉義市。現就讀於中正大學中文所博士班，致力於台灣古典文學之研究，曾參與「台灣漢詩數位典藏資料庫」、《全台詩》及《生事歸清恬：張達修詠讚台灣百首詩選譯》等編輯工作，並著有《吳德功瑞桃齋詩話研究》、《瑞桃齋詩話校注》。曾獲得大專聯吟絕句組首獎、南瀛文學獎古典詩組佳作。現亦為網路古典詩詞雅集版主、與觀網路詩會召集人、彰化詩學研究會通訊會員。

雖然幼時在母親的督促下，曾經熟讀、背誦過《唐詩三百首》，但正式學習古典詩，是在上了大學之後。大學一年級的寒假，在施懿琳老師的介紹下，參加彰化吳錦順老師的古典詩研習營，才開始探索古典詩創作的領域。吳錦順老師用簡單明瞭的方式來解析古典詩創作的諸多面向，與學院裡的教授的教法不同，對於當時還是初學者的我，提供了一條明確而可依循的道路。

只可惜，隔年，系上的古典詩創作活動，被不學無術的人所把持。宣稱古典詩不需押韻、格律，只要七個字排成四句即可。因而退出系上的古典詩創作活動，一方面努力自修，深入鑽研古典詩歌的相關理論，以反駁白丁之謬論；另一方面，使我得以跳脫校際的框架，在網路上搜尋志同道合的伙伴。最早，是在師大BBS的南廬吟社版遇到了啟嘉（藏舍）、珀源等人，後來加上岳儒學長（儒儒）、建男、曉筠、富鈞（故紙）等人，組成了「與觀網路詩會」。其後更在同仁的邀約下，加入網路古典詩詞雅集。

對我來說，古典詩也是現代詩。不只是古典詩能書寫現代事物、時事，更能表達現代人的情感、現代社會的議題與現代的精神。在時代的脈動之中，古典詩不再是附庸風雅、豆飣考據，而是以文學家族的一份子，認識這個時代、推動這個時代。得今朝之快意，察萬古之傷心，將文學動人心弦的功用發揮到極致，這是現代古典詩的方向。

有所思吟草

醉月何時已，凝眸幾度傷。

李微謙

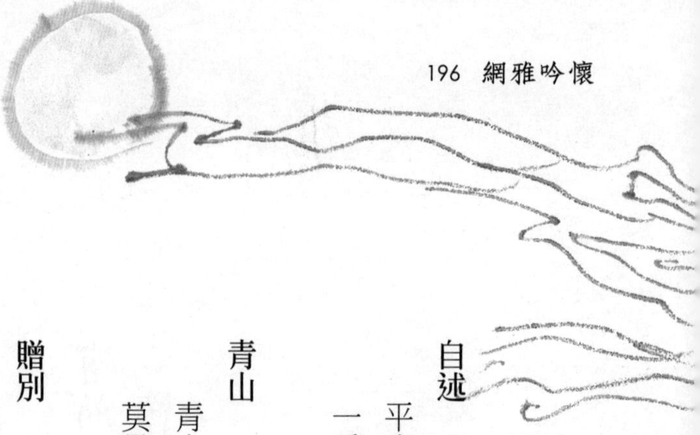

自述

平生多雅癖，逆物喜狂人，
一愛詩書久，淒淒屢費神。

青山

青山羞俗客，雲霧起連空，
莫是無心者，何由萬化同。

贈別

贈別無杯酒，惟貽一片癡，
春山春雨處，煙柳斷腸時。

雜感

歲月飄焉若轉丸，愁多風雨折幽蘭，
問心無愧知非易，平澹清閑處是難。

無題

慘碧春風曳柳前，蒼山雨冷欲凝煙，
幾回殘夢迷雲影，一片痴心到日邊。

望月有感

盈盈朗月挂蒼穹，異地懷心莫一衷，
大道從來無定解，凝思何必有人同。

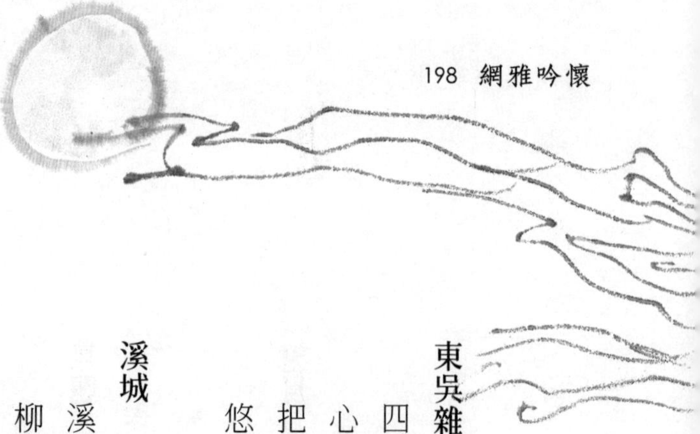

東吳雜感

四載攻書處，慣看溪水流，
心耽風雅教，志適愛徒樓。
把卷江山暮，行文天地秋，
悠哉堪恣肆，萬化足神遊。

溪城

溪城煙雨靜，萬里淡空濛。
柳嫩千條碧，花飛一色彤。
金杯傾易盡，宇宙仰無窮。
寄命惟長醉，浮沉大化中。

秋思

月圓還復缺，秋色泛哀聲。
風過山林噪，波微江水澄。
寒舟閑釣客，垂柳悵狂生。
淒漸彤楓葉，悠悠意正盈。

愁來

愁來吟詠傍江前，不息風波欲破天。
手按鯨鯢驚掣電，心懷仁義起龍泉。
寒鋩過處龍魚舞，猛浪落時牛鬼遷。
願復人間清淨地，澄清世道現紅蓮。

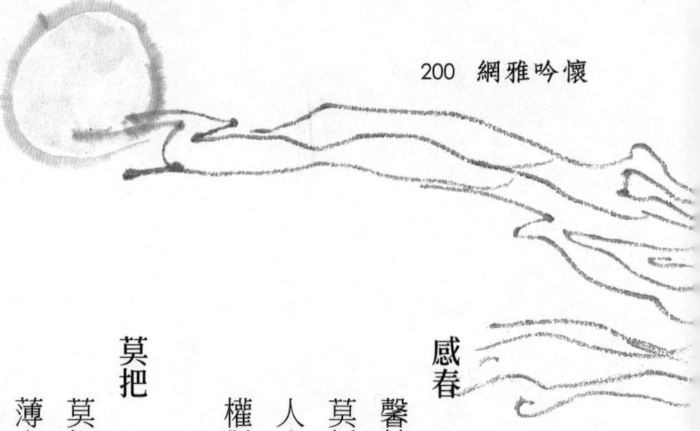

感春

馨花嫩葉暖風裁，流水聲中月色開。
莫折娉婷池畔柳，且隨自在石邊苔。
人生意快有時盡，世事煙消不復來。
權對東窗舒墨卷，酣然詩賦酒千杯。

莫把

莫把交情多論寓，更將世事悔清真。
薄言義氣悲知己，回顧秋風嘆昔人。
慷慨曷為生死付，飄搖豈是怨愁深？
從今冷眼兼心骨，但意詩興偶入神。

我生

我生廿餘年，往事如雲煙，
富貴固猶遠，也曾懷神仙。
仙道歎難與，登高每悵然，
撫笛散嗚咽，夢魂盪飄遷。
傲兮凌山野，嘯矣愁長天，
長天晦鬱鬱，山野徒緜緜。
且逐幽澗去，清溪足留連，
世人皆如醉，獨醒亦可憐。

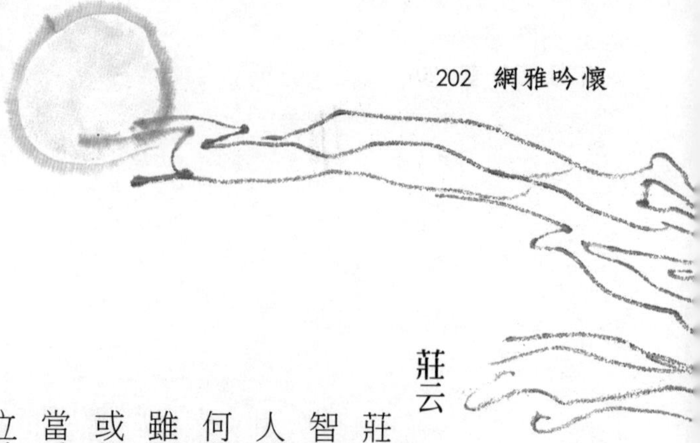

莊云

莊云倒懸苦，而今乃體之，
智術徒自迫，世事每凌遲。
人情無形刃，責任無邊池，
何擋何由越？荊棘滋復滋。
雖憂火終盡，抱薪有已時，
或值才力短，胡為意獨癡。
當覓清心藥，息念罷操持，
立地得懸解，無為物自施。

感懷

人力有時窮，天意無有終，
世事雖多變，君子允執中。
不遇緣何感，西風逐飛蓬，
殘月娟娟照，寒霜醉彤楓。
我身實微渺，生死俱朦朧，
沉浮大化裡，哪見慧與聰？
對苦須一笑，順逆應相同，
何用長噴歎，我亦人中龍！

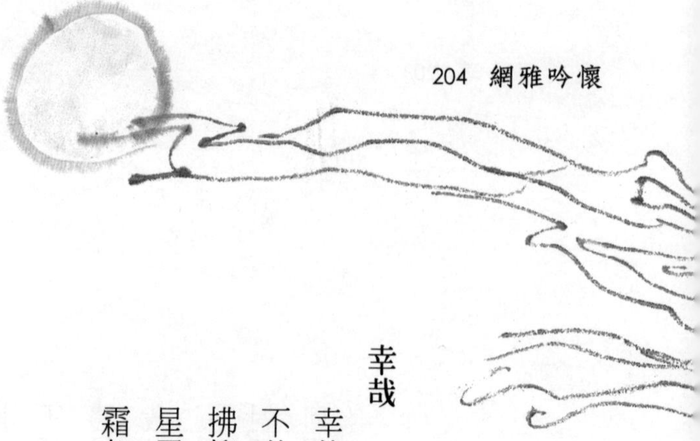

幸哉

幸哉蒼天生我輩，山水雲月有知音，
不共凡塵逐波遠，且喜煙嵐暮色深。
拂柳撥花人獨去，即物成詩相對吟，
星子初昇斜陽沒，舉杯邀月滌我心。
霜色風荷猶帶媚，誰人為我奏鳴琴！

贈知遏

我本疏狂浪蕩子，君亦閒雲野鶴人，
興來每欲相追問，雪夜憑船任意真。
別後忙碌想依舊，世路崎嶇漫多塵，
明月幾時來相照？蕙風徐徐喚卻春。
可憐才智損耗甚，書裡人前傷精神，
行路難兮今已慣，丈夫志期一朝伸。

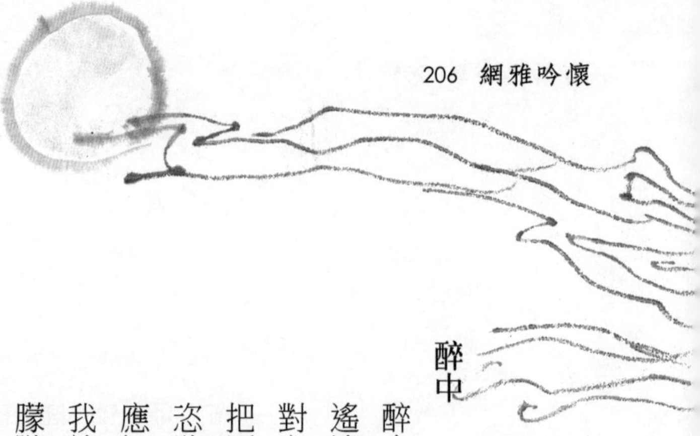

醉中

醉中回首來時路，多情到此似無情，
遙遙天涯盈盈月，杯中盪漾舞霓輕。
對之足使心快意，冥然萬物如未形，
把酒已共忘機友，更傾龍頭邀酒星。
恣肆悲辛談笑裡，升沉不必問君平，
應知此身為過客，百年一瞬使人驚。
我於蒼天何微緲？但見霄漢依稀明，
朦朧生兮朦朧死，歲歲年年夢落英。
自古多情唯有苦，謝絕痴心與浮名，
且樂樽前一杯酒，狂歌醉月不思卿。

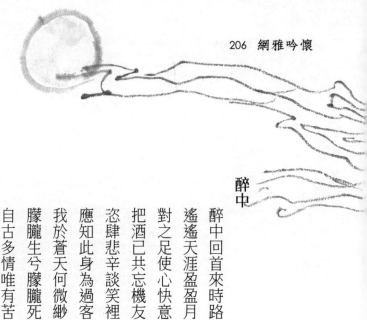

讀太白詩神遊物外起而誌之

讀罷太白詩堪狂，邀月同我醉千觴，
星子羅列三萬數，蒼天河嶽空茫茫。
或謂謫仙騎鯨去，文人漫論信多誑，
我迎清風舉杯酒，高揖青蓮意氣長。
接天臺上凌倒影，瑤鏡照我琉璃光，
復攀兩龍餐玉露，仙人相賜五色裳。
金爵斗卮力士杓，日日如泥醉高陽，
太白笑我癡狂客，有所思兮多感傷。
天門煥燁非所有，恨不插翅渡河梁，
東海西山隔吳越，忍別崑崙鬱蒼蒼。
悲歌舞劍聊自遣，殘夢猶餘俠骨香。

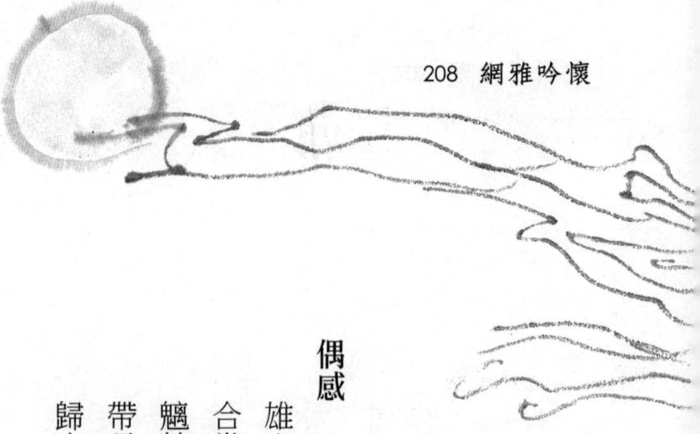

偶感

雄心壯志心早死，醉眼望天天凝紫，
合當斬盡江中鯢，波橫明月起三尺。
魑魅魍魎應惶惶，信知君子百代狂，
帶長鋏兮生寒光，鎩爾哪須費思量。
歸來天邊雁成行，一曲悲歌淚瀟湘。

年來

年來頗感俗慮滋，運轉未知待何時，
朔風更兼飛雨擾，物情悲喜剡卻癡。
君子處逆報長笑，才人當愁恨窮辭，
凝眸思遠意無盡，論命懷狂尚能詩。
豈是天兮亦多妒？或欲大任降於斯？
長路漫漫將焉往？胸中鬱鬱幾人知？
人生識字始解苦，處事多情便棲遲，
悽然自憐鏡中影，驚見白髮竄青絲。

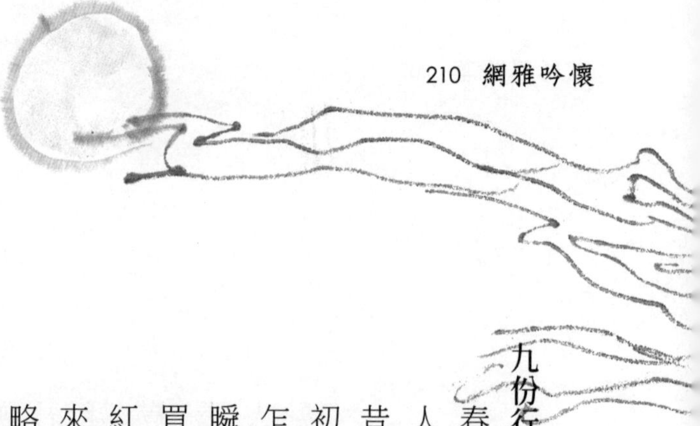

九份行

春雨幾許渡春假，故友邀約九份行。
人人皆道九份美，青山白雲浮玉京。
昔日遊時年尚小，今日復往愁還生。
初至金瓜石，零落幾屋橫。轉車上九份，崎嶇數里征。
乍見象神崩卻處，微陽黯黯黃土盈。
瞬目至老街，萬物俱紛呈。動止生古意，愀然心轉清。
買得風鈴捕夢網，復取竹笛歌新鶯。
紅戒在手瑪瑙玉，紙扇飄然微有聲。
來來往往皆過客，熙熙攘攘或相鳴。
略食魚丸羹，老街任意行。上得極目嶺，身似浮雲輕。
倚窗閑談有芋圓，對景感懷天不晴。
海亦漫兮雲亦遠，淒山微雨忙相迎。
神遊物外不知返，冥靈大椿幾枯榮？
悵吟長吉曲，一嘯覺天傾。雨漸方歸時，春風掃轉晴。
揮手黯然去，回首萬籟聲。感君離別意，賦詩寄餘情。

東吳才子歌

東吳才子李微謙，皎如玉樹凌風前。
筆透紙背驚風雨，意達毫顛動飛仙。
秋吟松菊觀溪水，暮歌紫霞懷往賢。
任氣使才尋常恨，閑來拔劍鋩萬千。
高古時絕談笑友，屢愁或漱玉京泉。
昂然笑傲悵狂客，一生低首李青蓮。
撫笛張指盤玄鳳，飛瓊亦逸驚赤鳶。
帝京復成白玉樓，且跨白龍九天旋。

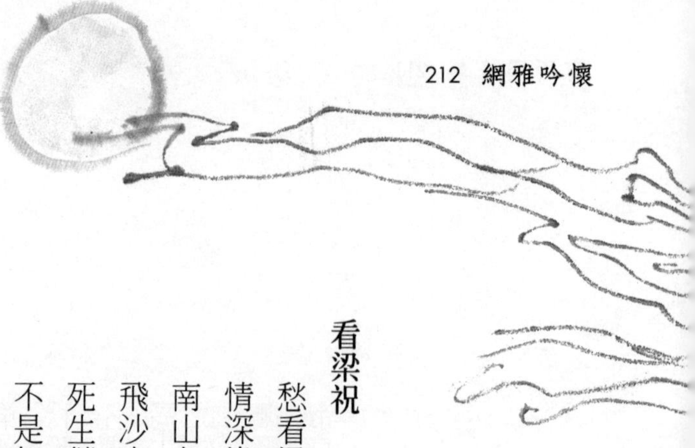

看梁祝

愁看梁祝心淒切，嗚咽無言五內摧。
情深緣淺徒何奈，長流淚兮喚難回。
南山有墓砌重恨，斷愁腸兮響驚雷。
飛沙走石從人懼，呼天搶地墓門開。
死生萬般皆有命，愛到深處竟可哀。
不是無情都天妒，但教恨隨蝶飛來。

有所思

數年來兮惟冷眼，不置可否世上人。
萬葉叢中從容過，弗染清露與微塵。
孰料今日開青眼，但愛君卿逸如神。
聰敏謙和無人識，懷才雋語漾清真。
是非了然時一笑，時局飄搖自屈伸。
德貌還與智慧並，氣度風雅更絕倫。
感君厚我心自愧，我誠庸黯頑愚身。
平生慰得一知己，願為君卿意紛陳。

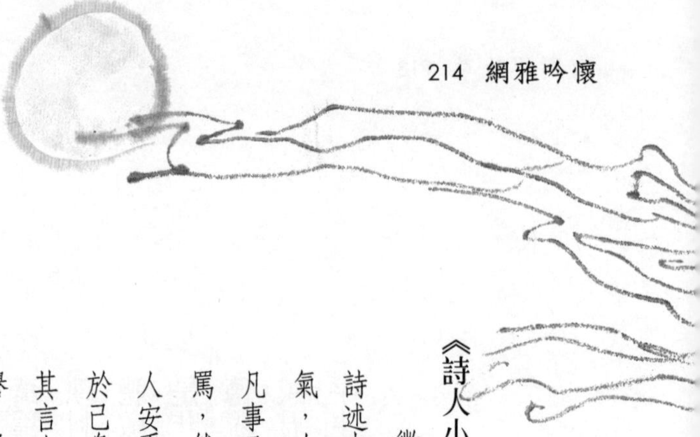

《詩人小記》

微謙者，詩人之號也，本姓李，名皇志，慕雅好古，以詩述志，綴字連篇，吟詠繕飾。為文恣肆汪洋，以此頗有狂氣，人或怪之，是亦不知也歟。予之所以狂者，不得已也。凡事忌狂，狂則將危殆矣！且世人亦將以之相損，怨驚詈罵，然則微謙復何以狂生自任，冒大不諱？蓋有其勢也。常人安乎平凡，遇事能避則避，是故雖無大過，亦無足誇，且於己身之能力，無所進益也。微謙自負，人乃以事相委，試其言也；緣為而能，則已愈精進，人益信其有才。既受人譽，乃不得不更自砥礪，以求名實之相符。是以詩文與日俱豐，才氣隨學相長，此用狂之道也。或有以狂自適者，爰無才氣，復不知謀求上進，斯亦妄人也歟！非吾儔也。

怡悅山房吟稿

四圍經史堪怡悅，兩袖煙雲慰寂寥。

張富鈞

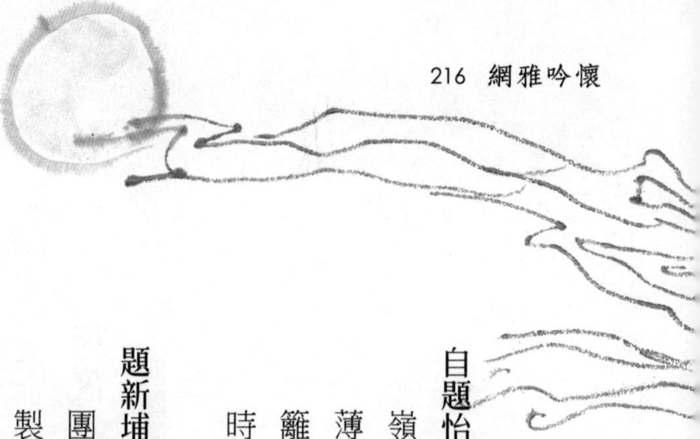

自題怡悅山房

嶺上白雲多，窗邊日日過。
薄才慚盛世，無命作詩魔。
籬下開黃菊，門前有白鵝。
時時幽竹裡，自唱考槃歌。

題新埔柿餅

團團秋露重，結作紺牟尼。
製餅成金膾，含霜薦玉卮。
筵前娛茗客，筆下助新詩。
誰識農家苦，猶無此歲資。

木棉花

春事緣何似九秋，木棉花發滿枝頭。
妝成愁怨元無意，碾作塵泥豈自憂。
獨占京華三月色，偏思南粵昔年遊。
多情不作無情落，飛絮濛濛上小樓。

古錢

方地圓天鑄赤銅，文銘通寶祝年豐。
鄧通能否役神鬼，和嶠可曾施富窮。
多少英雄因汝困，幾人豪富藉君功。
春秋代謝身雖退，千載興衰一掌中。

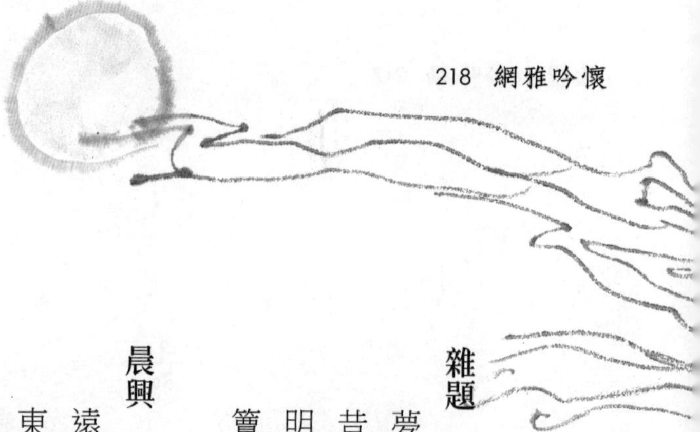

雜題

夢中相對欲言遲，鬢角淚痕覺尚疑。
昔日已無橋上柳，他年空恨壁間詩。
明燈久點緣長夜，病體常肥負舊緇。
簟枕微涼銅漏靜，欄邊月下久支頤。

晨興

遠望晨星臥海門，檐前偏感世寒溫。
東風吹破花千朵，宿雨添來綠一村。
志和殘燈銷舊壘，愁隨濃露入新樽。
老來倦枕常無寐，對看曉煙深淺痕。

淡江夕眺

兩岸生煙淡水寒，華燈初上映秋瀾。
殘陽隱約觀音色，銀浪往來八里灘。
搖蕩輕舟催笑語，奔馳捷運載欣歡。
江聲不逐遊人影，留與更深帶月看。

敬次戎庵詞丈〈挽春吟〉

不問蒼生問鬼神，何人道上叩知津。
樓頭望遠豈無客，江岸逐芳常有人。
梅信分明還在手，柳綿未必委成塵。
我今感得東君意，頻設花鈴約護春。

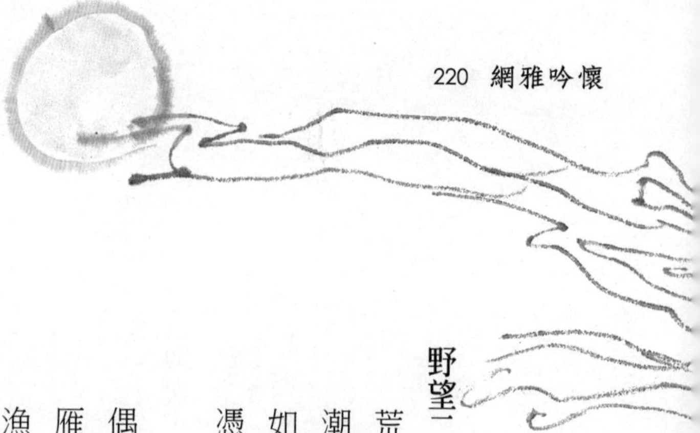

野望二首

荒壘橫空起舊吟，煙波望極感蕭森。
潮平無礙孤篷遠，天闊偏留亂嶂侵。
如此江山歸寂寞，紛然人事幻晴陰。
憑誰寄語東華主，一日春風掃厲祲。

偶臨舊壘望秋風，海角天涯指顧中。
雁底殘雲銷嶂碧，帆邊餘日煮潮紅。
漁歌每作鄉歌喜，兵氣早隨海氣空。
異日城樓猶對坐，江山誰與說空濛。

夏日感賦

濃睡未消酒意闌，冷泉浴罷葛衣寬。
噪蟬未解午風熱，溽暑偏知瓜味寒。
幽竹參差臨曲水，閑雲三兩舞重巒。
風鈴最是知吾意，時送荷香上石欄。

戲題痛風

近得痛風，未能移動。身多雜事，竟得一日閒，因戲題此。

半夜眠中起舊瘇，起身移足始驚聞。
疾無外相因傷內，病有風名不駕雲。
莫怪蒼天何薄我，須知大化欲憐君。
小齋久未坐終日，世事茶煙任亂紛。

奉題世界宗教博物館五週年館慶

悲憫明珠久染塵，法門十教示全真。
知生不得焉知死，與獸未能當與人。
欲點青燈分暗夜，常施妙術渡迷津。
欣逢五載開方便，五葉一花迎萬春。

註：宗教博物館設有世界十大宗教區。

淡水八景　漁港堤影

重遊滬尾世情非，依舊青峰碧四圍。
燈色時催山色暮，人聲日盛櫓聲稀。
江潮渡口淘餘恨，鷺鳥船頭望夕暉。
鼓枻兒郎今在否，秋風黃葉入新衣。

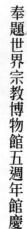

淡水八景　鷺洲泛月

群黛妝成淡北關，偶從夜色泛舟閑。
蘆花瑟瑟生江岸，明月依依入舊灣。
不見桑田易滄海，空教衰鬢老紅顏。
當年白鷺如相憶，只在漁人指點間。

注：鷺洲乃淡水河內一沙洲，上有白鷺棲息，故名鷺洲。已於颱風之時毀去。

淡水八景　大屯春色

疊巘迴環幽徑斜，嵐煙深處有人家。
青苔點點沾遊屐，黃蝶翩翩逐晚霞。
錯把泉聲當細雨，偶從飛影認桃花。
大屯山色春如許，寄語漁人莫浪誇。

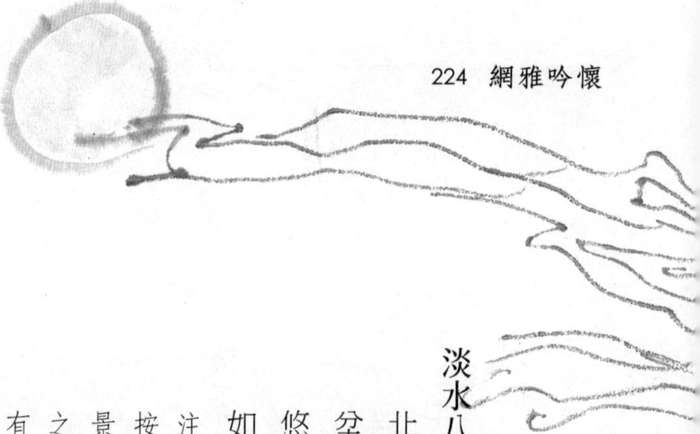

淡水八景　釁岡遠眺

北臺鎖鑰百年勢，五虎崗頭一望平。
坌嶺屯山環左右，民生王化起榛荊。
悠悠逝水銷兵氣，縷縷炊煙滿小城。
如此江山觀不盡，忽聞朗朗讀書聲。

注：釁岡指淡江大學。

按語：淡水有景，始於清康熙卅五年《臺灣府志》之「淡水廳四景」，後有淡北內八景、外八景之分。清同治十年又有「全淡八景」之設，皆依畛域大小而擇佳景，並繫以時賢之作，詩景相得，頗有意趣。至民國五十五年丙午，淡水鎮秘書李育鈞氏依其所見，重定淡水八景，即今人所言之淡水八景也，然卻無詩焉，屈指又四十年矣。時移景遷，數景已非舊貌，當有新立八景以備焉。其舊有八景無詩，頗以為憾，爰續貂八首，以求不負斯景也。至若新八景之設，當俟博雅君子以立，不敢預聞焉。民國九十六年丁亥小滿後五日記於滬尾怡悅山房。

聞蟬二首

幽居清晝永，簷下聽蟬歌。
但得羲皇趣，遊雲不必多。

窗窄晴光淺，院疏蟬嘒多。
蘧然覺天晚，雲際露姮娥。

飲茶

一碗盧仝飲，清泉潤齒脣。
非因腸胃渴，為飲一甌春。

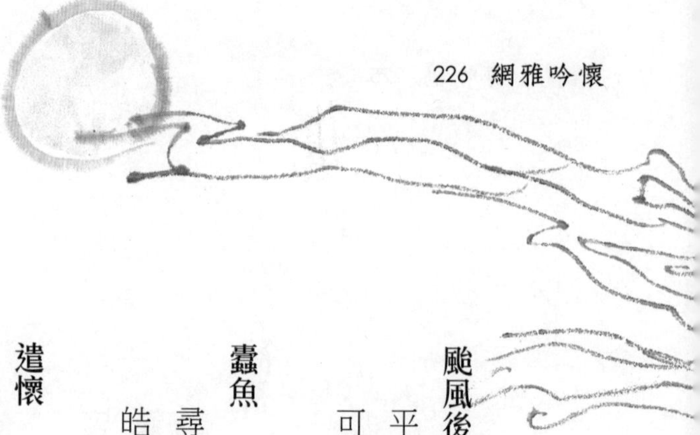

颱風後口占

平地連天黑，孤鴻無處安。
可憐黎庶苦，枉作說書看。

蠹魚

尋章摘句愧韓卿，飽讀詩書卻似盲。
皓首窮經緣底事，漢家本不用書生。

遣懷

袞袞諸公策自奇，錦囊豈是鄙人知。
布衣自料無長策，且取童書課小兒。

茶亭

翠蓋亭亭倚綠塘，三春風味是茶香。
不嫌壺窄怨亭小，腹裡乾坤興味長。

夏日睡起

五更微雨洗青天，窗外蟬聲不住傳。
本是晝長無所事，何妨再作片時眠。

七夕雜詠

白雲窗外涼風起，黃菊籬邊暑色殘。
含恨佳人無限事，牛郎織女隔簾看。

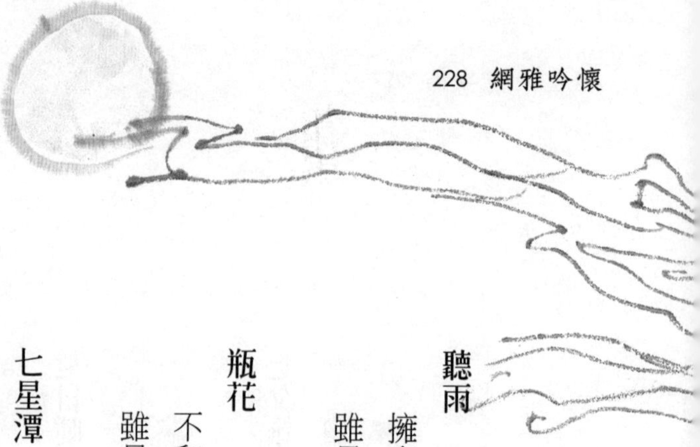

聽雨

擁衾聽雨至天明，輾轉懷幽夢不成。
雖是朝來晴日好，哪堪夜夜賦淒聲。

瓶花

不和井徑共埃塵，長作桃源避世人。
雖是楊花飛過久，猶留方寸一枝春。

七星潭

七星潭乃一海濱，昔漁舟多於此售漁獲。今已改建公園，不復昔景矣。

一路長堤倚海濱，七星夜夜映波粼。
潮來潮去雖依舊，鼓枻兒郎剩幾人。

望山

何處神人落剪刀，凌空裁下碧紗袍。
又疑仙女傾青水，望上飛來墨綠濤。

過台東

流泉一縷繞山谿，白鷺耕牛把土犁。
采采秧苗何須護，遠山一脈護青畦。

烏來雜詠

用折腰體，末句借韻。

遠望殘雲半卷山，飛櫻獨許浴身閑。
洗罷新泉春雨足，與詩并作十分看。

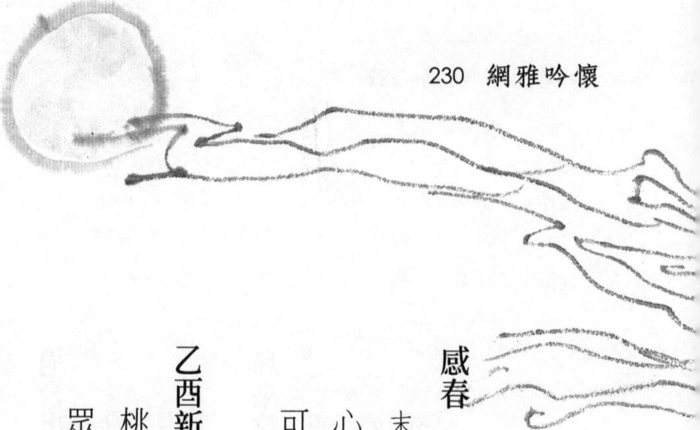

感春

末用丑類特拗

心緒聊將付一卮，連宵風雨掃花枝。
可憐今歲春未老，已是江南腸斷時。

乙酉新春試筆

桃符碧雞昵故人，火花聲裡度新春。
眾芳猶識東風面，萬紫千紅滿水濱。

農村雜詠

青竹半掩幽徑斜，連雲山色浸溪沙。
雄雞鳴罷無餘事，翠帚時來掃落花。

晌午

草木爭妍似解情，冷泉浴罷午風輕。
閑雲嶺上參差舞，群雀簷邊一兩聲。

煮茶

玉笛聲中漫憶家，幾行雁字任天涯。
新詩吟罷無滋味，也學先生煮宋茶。

雨中過關渡橋

墨雲催暮漸無風，關渡長橋寂寞紅。
三兩流光天地外，一江山色雨煙中。

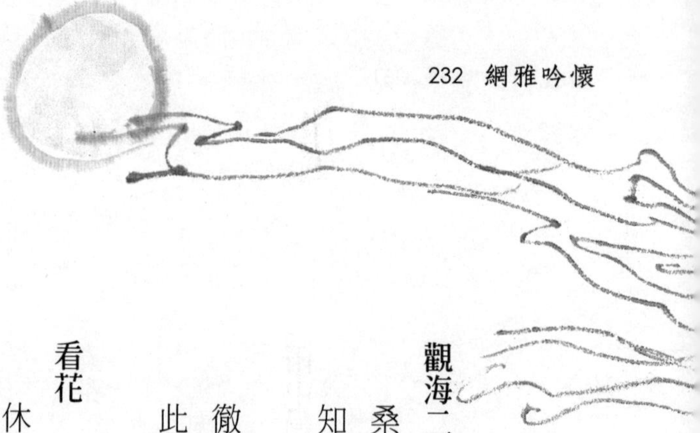

觀海二首

桑田萬里作波橫，催得飛霜滿帝京。
知是玉皇香案吏，人間處處送秋聲。

徹天蓋地戰鼓鳴，青袍白羽笑行兵。
此身何懼錢王弩，不信人間總不平。

看花

休道明年花更好，須憐此刻一枝闌。
他年踏遍湖山路，春色娉婷插滿冠。

菩薩蠻　戲題林間月

殘雲未渡疏星靜。林間隱約徘徊影。
若斫樹婆娑。清光應更多。
欲裁心不忍。裁去嫌無韻。
裁與不裁間。教人千萬難。

采桑子　題奧萬大櫸樹林

奧山今歲春光好，不似楓紅。
卻勝楓紅。點點胭脂染翠峰。
身前身後天涯事，春夢如風。
秋夢如風。盡付雲泉一笑中。

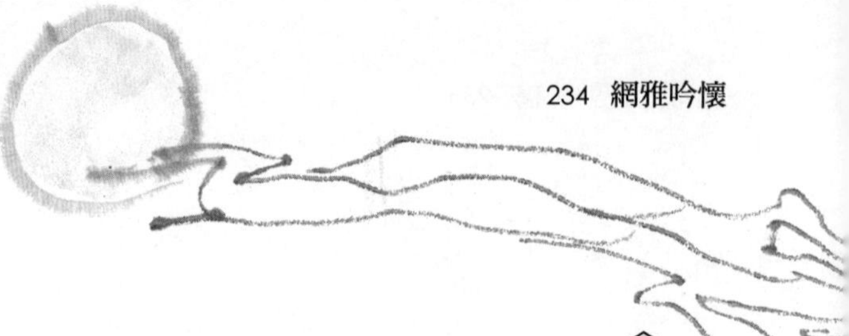

《詩人小記》

張富鈞，筆名故紙堆中人，一九八一年生於花蓮市。現就讀於淡江大學中文所博士班，曾擔任陳逢源先生文教基金會所舉辦之「大專青年詩人聯吟大會」淡江代表、淡江大學中文系所舉辦之「第一屆大專院校古典詩詞吟唱大賽」工作人員。現為網路古典詩詞雅集版主、與觀網路詩會總幹事。

余癖無多，惟好讀書而已。憶幼讀《唐詩》、《紅樓》，每見古人吟詩鬥韻風采，心嚮往之。亦曾仿製數首，然不解格律，徒以自樂而已。及入上庠，蒙胡傳安師、陳文華師、簡錦松師授詩法格律，始知吟詩之妙，又蒙維仁學長、儒儒學長、藏舍主人等人引入與觀詩會、網路古典詩詞雅集，得以結識眾多前輩時賢，每傾於眾人之才。雖前輩同儕諄諄善誘，然余生性疏懶，心多旁騖；加以腹笥無多，素乏捷才。雖有數作，終不能登大雅之堂，亦惟能自樂而已。因取詩彙為一冊，顏曰「怡悅山房吟稿」，取陶華陽「只可自怡悅」之意也。嘻！其詩既無深沉之質，亦無華美之文，徒費楮墨，賣弄虛辭，知其終將覆瓿矣，然焉知覆瓿者不亦嫌其污濁而棄之哉？故閱者一笑置之可也。

國家圖書館出版品預行編目資料

網雅吟懷：網路古典詩詞雅集五週年紀念詩集 / 李德儒等作. -- 初版. -- 臺北市：萬卷樓, 2007.09
面； 公分
ISBN 978-957-739-606-8（平裝）

831.86 96015488

網雅吟懷

——網路古典詩詞雅集五週年紀念詩集

作　者：李德儒・卞　思・楊維仁・王凌蓮
小　發・吳身權・李岳儒・曾家麒
風　雲・李知灝・李微謙・張富鈞
責任編輯：楊維仁
發 行 人：陳滿銘
出 版 者：萬卷樓圖書股份有限公司
臺北市羅斯福路二段41號6樓之3
電話（02）23216565・23952992
傳真（02）23944113
劃撥帳號 15624015
出版登記證：新聞局局版臺業字第5655號
網　址：http://www.wanjuan.com.tw
E-mail：wanjuan@tpts5.seed.net.tw
承印廠商：普賢王印刷有限公司
定　價：240元
出版日期：2007年9月初版
ISBN 978-957-739-606-8